櫻 さくら

鄭桑 著

獻給曾經失去摯愛的我們

引言

人父的勇敢書寫

我是鄭桑的二姊，小櫻的姑姑。

其實鄭桑是個個性很內斂的人，平時話不多，至少在家裡，是那種你如果不問，他也不會多說的句點王。明明小時候可愛得跟什麼一樣，但從青少年時期開始就變得很酷，所以當我們知道鄭桑交女友時，還真是又驚又喜啊。

鄭桑女友，也就是後來的老婆，跟他的個性恰恰相反，她樂天又開朗，而且超級好聊天。所以在我看來，鄭桑與他老婆真的是天作之合。

一直很佩服他們愛情長跑後，結婚，共組家庭，他們之間深厚的感情以及互補的個性，是讓他們能攜手走過這段路的原因。雖然這塊拼圖現在似乎還沒能完整，但我依舊相信，就如同他們兩個天作之合的愛情，上天終究會給他們最好的安排。

他們倆結婚時，我肚子裡剛好懷著二女兒，或許也是另一種緣分吧，鄭桑對我家女兒的好，從女兒們的反應就知道，小孩的反應，永遠是最真誠不說謊的。每次回娘家看到鄭桑，她們遠遠就用著不是很標準的娃娃音，大聲喊著：酒～揪～～～舅～媽～～～。如果鄭桑不在，就會一直問：酒揪為什麼不在？酒揪什麼時候要回來？

鄭桑總是很有耐心地陪她們倆玩，陪她們兩個鬧，每次都吵吵鬧鬧，嘻嘻哈哈的，但這些互動，都讓人暖心。所以看著鄭桑與我兩個女兒的互動，我知道，鄭桑一定會是個好爸爸，而且是寵女兒無極限的那種。

鄭桑跟老婆在求子階段很辛苦，也承受極大壓力。因為我們家是台南鄉下地方，爸媽其實都很傳統，想要趕快抱孫的期待總是溢於言表，所以各種科學與不科學的方法，他們都會去嘗試。

還記得某次我回娘家，看到好大一把金色的鏟子放在家門口，我問媽那是幹嘛的，原來是老爸去人家動土現場要的，說是「金鏟子」（台語，緊生子）。我當下聽到真的是笑翻，一方面覺得想到這個梗的人真是天才；一方面又覺得我爸媽很可愛，真的想辦法拿了超大把金鏟子回來。但那把又金又大的鏟子擺在鄭桑他們新家裡，真的顯得格格不入又占位子，看著那把大大的金鏟子，讓人哭笑不得。但我知道，那是一把盛著爸媽殷殷期盼抱個金孫的鏟子，又沉又重。

我自己身邊有很多朋友求子的過程也都非常辛苦，但生小孩這種私密的事，縱使是親密的摯友或親人，最多也只能知道個梗概，無法真的體會箇中苦楚。也因為鄭桑內斂的個性，過程中很多細節，其實在事發的當下，他是沒有跟我們說明的。至少鄭桑在我面前從來沒有因此事而哭過。我只知道，鄭桑用他自己的方式，在紀念著小櫻。

一直到這幾天，鄭桑才突然宣布他寫了一本有關小櫻的書，我跟大姊都嚇到了。說嚇到是因為鄭桑就是個理工宅男啊，壓根沒想到他竟然能寫書。

但是一頁一頁，細細閱讀著鄭桑這段求子、懷孕，最終又失去小櫻的心路歷程，其中的酸、甜、苦、澀，我看著、哭著停不下來，彷彿坐著時光機回到當時，只是這次，我像是身歷其境般的，陪他一起用文字度過這一段又一段的漣漪。我心疼鄭桑夫妻經歷的這一些，真希望我當時能給他們夫妻一個最深、最深的擁抱。

不管鄭桑是不是個理工宅，我在書裡看到的，只有鄭桑對女兒及老婆真情流露的心，也看到了他用最溫柔的方式，在鍵盤上一字一句刻劃對女兒的愛與思念。雖然書中鄭桑覺得自己很懦弱，但我真心認為，他已表現出超乎常人的堅強，因為光是把這段艱辛的過程鉅細靡遺地回想，並且書寫一次，就已經夠勇敢了。

透過本書，讓已經當天使的小櫻又在我們心中活了一次，希望有著同樣或類似經歷的夫妻，都能在鄭桑真誠的筆觸中獲得力量與安慰。而那些跟我一樣何其幸運，毋庸接受上天這般考驗的父母，相信在閱讀本書後，也能更珍惜與孩子間幸福的緣分，就像讀完本書的那個晚上，我思緒萬千，起伏不定，久久不能自已，直到最後緊緊抱著女兒入才睡一般。

目次

一　新的開始

在經歷一連串的浩劫之後，我跟我老婆終於結婚了。

之所以會這麼說，是因為從一開始談結婚到結婚宴客結束，中間遇到種種的困難與災難，籌備婚禮的期間岳父過世、被公司裁員，即使結婚當天是順利的圓滿完成，但我們倆還是驚魂未定，深怕下一場災難又要來臨。人生不就是這樣嗎，有時候就算做好了萬全的準備，事件發生的嚴重性還是遠遠超出自己的想像。

要我敘述這過程到底有多慘烈的話，簡單來說，通常遇到一個事件發生時，我都會先預設好幾種等級的狀況，再來就看事件演變到什麼程度，再去應變與解決。

那一年呢，幾乎每一件事都是演變成我設想的最壞情況，甚至是超乎自己預期的嚴重，直到結婚後的第一個農曆年過後，才漸漸地撥雲見日，工作與身旁的一切事物都逐漸好轉，天真的我以為終於擺脫了陰霾，自信滿滿地接下人生的下一個挑戰。

「你什麼時候要生小孩？」

「嗯？」

「生小孩啊！結婚之後就是要生小孩啊！快點趁年輕生一生，不然你blabla……」

「哦……有在計畫啦，就順其自然啊。」

以上這些對話，幾乎每天都會重複遇到。

沒錯，正是生小孩大挑戰。

結婚之後，其實我們沒那麼急著想要個孩子。一方面是還想享受新婚的兩人生活，另一方面也是先讓我老婆適應新的家庭環境；離開娘家與新的家人生活，是需要磨合的。經濟也是一大問題，我當時工作的薪水其實不高，蜜月與結婚的一些債務還在償還中，學貸也尚未繳清。

所以我有一段時間很積極地在賺錢，下班後跟假日都跑出去兼差，一個月只休兩天，實在不敢想像當時如果真的有了小孩，會是多麼可怕的一件事情。

不過幸運的是，在努力打拚過後總算有了不錯的成果，再加上心態改變，如願以償換了薪水更高的工作，經濟方面也不再那麼吃緊，正想說要稍微積極面對生小孩這件事時，才發現我跟我老婆都有不易受孕的體質……

二

求子之路

時間回到我們還沒結婚的那年。

某個週六的早晨，天還未亮，拖著疲憊的身軀起了個大早，騎車去當時身分還只是「未婚妻」的家。

這天是要去診所回診的日子，由於診所在市區，而且醫生又是婦科名醫，所以非常早就要去診所外排隊等掛號。

那個時候來診所看婦科並不是為了要生小孩，而是我老婆先前因工作壓力過大，生活作息不正常，飲食也沒有控制，因此患上「多囊性卵巢」這個疾病。這種症狀會讓卵巢呈現許多不大不小的卵泡，但是都發育不成正常大小的卵子；一旦沒了正常的排卵，就沒有所謂的月經，情況嚴重的程度大約就是三個月來一次，有時候甚至更久。

希望經期能夠恢復正常是當時唯一的想法，完全沒意識到這會嚴重地影響到婚後生育的計畫，天真的以為我們都這麼努力地起了大早，千里迢迢來看病，應該沒問題了吧，老天會眷顧我們吧。

回頭看看，這真的只是冰山一角的努力，甚至連努力都稱不上，別說生小孩了，連經期都調理不順。

這間位在北區的婦產科，雖然一開始吃藥有效，但後來不知道是身體習慣藥物了還是什麼緣故，醫師開的藥已經對身體產生不了任何作用了，而且還是自費的藥，價格不便宜。

情況又回到三個月來一次甚至更久，但我們在治療期間都沒有很認真的正視這個問題，只知道月經沒來就去吃西藥，一直到結婚後還是抱持著相同的想法。

我還在上一間公司上班的時候，同事有推薦我去公司附近的一間中醫診所，那裡的醫師我覺得還算不錯，有改善我很多小毛病，身體當時也調理得相當有成效，所以婦科的藥失效之後，我很乾脆的直接帶老婆去找這位醫師求救。

「你先前西藥吃太多，身體累積太多對身體不好的東西。」醫師很理所當然地說。

其實在看了這麼多醫師後發現，中醫不喜歡病患長期吃西藥，西醫也對病患長期吃中藥很不以為然，但到底哪一種才是好，我們這種門外漢當然不知道，只能聽誰說哪裡好就去哪、哪個醫師厲害就去找他醫，所以這間診所在我老婆看了三次之後月經還是沒來，就直接宣布放棄了。

到這個時候，我才漸漸發覺到情況有點不對，病情似乎有點嚴重。

「東區那間中醫師很厲害哦。可以過去試試看。」這間是來自從事醫療工作的親戚推薦的診所。

我們沒有過多的質疑，找個平日的晚上就過去掛號了。

我老婆身體有一個非常詭異又有趣的情形——只要搭上飛機出國，月經就一定會來。來這家診所看過之後，剛好我小舅在韓國交換學生，所以我們全家就飛去韓國自助旅遊，讓我小舅當免費的導遊。

月經終於來了！

每一次月經來就好像見到許久沒看到的摯友，想問他這幾個月好嗎？這麼久沒回來是什麼原因？開心地迎接別人眼中每個月的麻煩物，其實是有點諷刺的，沒體會過的人不會懂，真的不懂。

「這種情況我還真沒遇過。」醫師對於只要出國月經就會來似乎也是初聞，說不出個所以然。

我們並沒有急著找出背後的原因，只是開心地以為終於找到能夠幫助我們的醫師了，心中燃起無限希望，照著醫師的吩咐，每天起床量體溫、小心地避開不該吃的食物，也退出了公司的飲料小群組，只希望能夠再見到「好朋友」一面。

但是這間診所讓我老婆的月經就來這麼一次而已，等不到好朋友的再次來到，也就放棄了。

這些期間我們還是會想自己嘗試「造人」，想當然是一點成果也沒有。看著親戚好友一個接一個懷孕，對於開始想要孩子的我們，已經無法用羨慕來形容，心裡也開始怨恨老天為何如此不公平，為何是我們？

要忍受一次次的失敗，點燃希望又馬上被摧毀。

親友們關心的問候越來越頻繁，讓我們的壓力不斷地上升。

這種時候真的很痛苦，總不能直接指著對方罵說你什麼都不懂，因為我們明白沒體會過的人不知道這種痛有多痛，連對方說一句簡單的加油，也彷彿拿刀往身上刺一般的痛徹心扉……

難道我們不努力嗎？

難道我們不加油嗎？

所以別人跟我們談論這件事時，通常心裡都是尷尬又不舒服。雖然還是很感謝大家這麼關心我老婆的身體，只是不喜歡被問得這麼頻繁。

三 答案

結婚已經快一年了，被問什麼時候要生小孩已經累積三萬八千多次。我們只能笑著說順其自然，沒急著要。

事實上我們已經積極了一段時間，可是害怕別人知道我們想生但是生不出來，只好製造出一副沒急著要也無所謂的假象，欺騙別人也欺騙自己，不要那麼痛苦，好讓來自四面八方的問候能夠少一點。

已經數不清有幾個人介紹幾間醫院，這時候我老婆的同事推薦了一間中西區的醫院，說那裡的婦產科很厲害，讓他老婆順利地生下一對男的雙胞胎。我們去問了許多人還爬了很多文，確實那位醫師真的是婦產科的名醫，幫助了許多不孕的夫妻，可以說是不孕症的權威。

已經這麼久都沒成果，確實是需要去大醫院檢查看看到底發生什麼問題。

然而第一次去就讓我們大開眼界，原來淪落到要來跟名醫求診的人這麼多啊……

光是掛號到等待叫號就足足等了三小時。

一開門見到醫師，就看到醫師身上散發著光芒。別著與外表不符的可愛小領結，有點禿頭但全身上下充滿自信，帶著忙碌又疲憊的眼神看著剛剛內診的超音波報告；醫師說話很快，就像饒舌歌手一樣，一字一句快速掃射，說話清晰又不帶雜質。

第一次門診，醫師雖然重複解釋了其他醫師說過的多囊性卵巢到底是什麼症狀，但是呢，不只說得相當淺顯易懂，又擴大解釋會發生的情況，就像這個疾病是他創造的一般清楚，讓我們重新認識了這種疾病。

過了兩週，抽血及檢查的報告出來了，宇宙未知的答案終於在這一刻解開……

男性荷爾蒙過高、血糖偏高、甲狀腺亢進，指數都相當不好，不過醫師就如同機器人一般，快速的整合所有數據，又有效的分析，告訴我們要如何面對這些不好看的數字。

然後，開了一個月的藥讓我老婆好好的治療，畢竟母體環境不好，是絕對無法懷孕的。

治療了一段時間，如同醫師預期的一樣，數據都有明顯降下來。有希望了，努力這麼久終於遇到所謂的貴人！

我們相信之前只是沒有醫生緣，這一次找了不孕症的權威，一定可以治好我老婆種種婦科的疾病，幫助我們順利的懷孕。

月經順利的來了幾次，但是在醫師說可以準備懷孕的時候，又因為子宮內膜過薄，需要等到下次回診再看看有沒有適合的時機來創造懷孕的機會。

過了一週，我們抱著期待的心情再次回診。

這一次回診等得特別久，待診的號碼遲遲不往前進，現場等待的人不時交頭接耳，我的心情也開始跟著浮躁起來。

原來，醫師是去接生了。後來問了醫師才知道，當天一位懷孕七個月的孕婦胎盤剝離，需要緊急剖腹生產，情況相當緊急。最後，母子均安。

雖然我跟我老婆都不認識這位媽媽，但都打從心底為她開心，同時也對這位醫師更感到信心十足。

我們似乎離成功又更進一步了。

不知道過了多久，終於有醫師來支援，來消化還未看診的病患。

來支援的醫師是婦產科的主任，相信也只有主任級的人物能夠暫時代替這位名醫幫大家看診吧。

主任看了病歷、了解狀況後，面帶微笑地對著我們說：「目前有一顆卵子已經長大到一公分，通常這種大小一定會發展成為成熟的卵子排出，所以你們大約下禮拜三的時候要在一起。」

我跟我老婆互看了一眼後，開心地繼續聽醫師的吩咐。

事實上我跟我老婆都覺得有趣，醫師竟然會用「在一起」這個詞來取代自然受孕這件事；網路上也常看到有人用「組隊」、「加強」、「補考」這些詞，在緊張之餘又覺得醫師幽默且帶點可愛。

當天騎著機車回家，無比開心，路上的行人似乎都在向我們道賀。

這是千載難逢的好機會，從結婚到現在，從來沒有一位醫師敢給這麼肯定的答案，心裡又突然覺得機會是不是來得太快？等待到一件期待已久的事物，好像都會有那麼一點慌，那麼一點不知所措，

總而言之，這是有史以來最接近懷孕的一刻，千萬要把握此次的良機。

時間到了隔週的禮拜三，沒想到我老婆當天竟然腰痛……所以也就無法執行「在一起」這個任務，只能等到隔天腰沒那麼痛的時候，匆忙又小心翼翼的進行。

或許是上天想證明我們太天真，想要孩子並非這麼容易。時間又過了一週，抱著懷疑又擔心的心情再次回診。

「你們上禮拜三有在一起嗎？」醫師看了資料後這麼問。

「有！」我們沒多加遲疑的立刻回答，其實誰也不敢說，我們並沒依照您的吩咐，而是隔了一天才在一起。

醫師給了一抹神祕的微笑後指著超音波照片，「你看，現在卵巢沒有卵子，照上次的資料看來卵子應該是已經游出來了，今天回去可以的話再加強一次，會開黃體素給你補充，這種藥具有安胎的效果。」醫師從容不迫且很有自信地說著。

出了診所後，我們心情都相當激動，機會終於降臨了，再來只需要等待半個月就能揭曉答案。

我們似乎把延遲一天的事情忘得一乾二淨，但實際上，醫師也只是推測最有機會的那一天，所以早個一天或晚個一天並沒有太大的影響。

三個禮拜過後，連驗孕棒都還沒拿出來，月經就出現了。

沒錯，我們又失敗了。

四

審判

其實對於當時的失敗我們並沒有太過失望，只是抱怨著月經總是在該來的時候不來，不該來的時候出現，因為我們深信，再繼續依照醫師的指示去做，孩子遲早會來到我們身邊。

醫師也對這個結果並不意外，立刻安排了輸卵管的檢查，並且要求「我」也必須接受精液檢查。沒想到這種電影裡的情節會發生在我身上，心裡有點擔心會不會根本就是我自己的問題。

護士拿了真空杯給我，還有一些注意事項，告訴我必須在哪幾天拿檢體過去生殖部門檢驗。

就在禁慾了五天後的某個週六早晨，背上行囊趕往「西方取精」。開玩笑，其實也只是跑去隔壁房間而已，我還特地用保冷袋裝著，深怕我的「子孫」們受熱著涼。

心裡不太想面對檢驗報告，其實是不想知道我身體到底有沒有問題。

逃避問題永遠比面對問題簡單又容易，所以故意拖到我老婆定期回診的日子才順便看我的報告。

原來我老婆每次都是抱著這種忐忑不安的心情來到醫院看報告，打從心底替我老婆覺得難過與不捨，同時又覺得她很偉大。今天主角換成是我了，我能夠像她一樣堅強嗎？

拖著不安的步伐，朝著命運的婦產科前進。

「先來看抽血的報告，甲狀腺沒問題，血糖沒問題，其他的項目看起來問題也不大，嗯……除了男性賀爾蒙有點過低。接下來看精液的報告。」醫師說話的表情不像過往那樣輕鬆自在，沉思的時間比之前都還要久。

「液化時間過長，超過一小時。」醫師指著報告上的紅字說。

「精蟲數量偏低，不過還算可以。」等等，我記得正常來說都要有幾億隻吧，怎麼只有六千萬隻？

「你正常的精蟲裡面，活動力快速的只有百分之五。」我不知道正常是要多少，但是百分之五聽起來就是不正常啊。

醫師繼續分析我的報告，但我已經沒有印象，只記得腦袋很空白，看著報告上滿滿的紅字。

「以你的男性賀爾蒙這麼低的情況下，能得到這些數據已經很高了。」

我知道醫師在安慰我，但是我又不知道如何回應，只能呆呆地回答是……是……

「你們兩人現在的狀況，就算是人工受孕機率也不大，很可能要走到試管。」

原來我是個「不行」的男人。

雖然我不曾抱怨過都是因為我老婆身體的關係我們才得不到孩子，不過在這一刻，我覺得自己可惡至極，讓她受這麼多苦、這麼多難，吃這麼多藥還要覺得都是她自己的錯，而我一直都不去檢討自己，誠實的面對，到底還算什麼男人。

醫師的這番話無疑是對我跟我老婆宣判了死刑。突然覺得我們這麼努力地想要生小孩，是多麼可笑又愚蠢的行為。

現在要解決的不只是我老婆的多囊性卵巢，連我的身體也是一大問題。

看完這次報告後，我們再次把生小孩的計畫擱置下來。

結婚以來，我們並不是每分每刻都抱持著很想要小孩的態度，有時候也會因為吵架、金錢方面的問題，而消極不去面對，過程中一直都是這樣反反覆覆。而且我老婆的經期不穩定，一等就是三個月，藥物治療或是其他的檢查又會拖很長一段時間，常常希望被點燃又被澆熄，這些狀況其實相當消耗我們的熱情。

每當看到親朋好友懷孕，或是誰又懷了第二胎、收到了誰的彌月禮盒，我們的心都像被刀劃過一樣，心痛萬分。搞到最後，只要提到有人懷孕，當晚我老婆就會躲到棉被裡面哭泣，而且還不敢讓我知道，心情也漸漸的從難過變成了無奈，苦只能往自己肚裡吞。

但是，我們都不曾放棄。雖然經歷過一次次的失敗，但是這也逐漸把我們推向正確的道路。成功是需要用汗水澆灌出來的，雖然失望但不曾絕望，抱持著正能量，好運一定會降臨。

五

煎熬

除了在精液檢查的報告上有許多紅字外，其他身體檢查報告也是紅字不少，所以當時的我毅然決然做了個重大的決定——

我要戒酒！

從出社會到現在，可以說是每週都會出門喝酒喝到爛醉，就算沒有酒攤也會自己買一堆酒回家喝，相當不節制，血液裡面有一半都是酒精。

當時還常被說酒量好，現在想想，被說酒量很好還真不是件風光的事，被說身體很好才值得驕傲。

戒酒之路並沒有我想像的那麼難受，當時假日都要上班，壓根沒想過要喝酒的事，酒癮也從來沒發作過。

隨著工作忙碌了三個多月，身體已經完全習慣沒有酒精的日子，突然覺得身體輕鬆自在，也開始厭惡之前那個喝太多酒把身體搞壞的自己。

當然也不完全是酒精的問題，身體也是有一堆其他的毛病不是酒精造成的，後來我自己也深刻反省，年輕的時候一定要好好保養自己的身體，雖然年輕就是本錢但總不能無的放矢。不過，通常會開始這樣想的時候，都為時已晚了。

有位親戚介紹我們去歸仁的一家中藥行，她的女兒吃那邊的藥已經成功產下二女，要我們也去試試看，只不過那邊的中藥是需要用煎熬的。

起初我沒有抱太大的期望，只是想說將錯誤的道路全部走一遍，總會矇到對的路吧。把身體當作實驗室，將人世間所有的苦楚都嚐盡，只求得到大家都擁有的正常生育能力。

這是一間平凡又不起眼的矮平房，但還是看得出他是間中藥房。進門之後，映入眼簾的是整面牆壁的藥草櫃，狹窄的走廊上放著兩張看起來超過半世紀的長板凳，整體看來好像也跟別家中藥房沒什麼兩樣。

老闆娘親切的跟我老婆打招呼，聊著當時打得正火熱的市長大選。

前幾次看診我並沒有陪我老婆去，因為我老婆有告知醫師我精子只有百分之五的事，至於是什麼百分之五，我老婆也沒說清楚，到底是存活率百分之五還是外觀畸形百分之五。

對方聽了之後，一直要我也要去吃藥調理，只是我已經有在原本公司附近的中醫診所看診，也怕當面去很難開口拒絕，所以我對於去看這間中藥行，一直有所抗拒。

最後會陪我老婆去，單純是因為路途有點遙遠，我老婆一直抱怨辛苦。畢竟這些難走的路，終究是要陪老婆一起走過的，總不能讓她獨自奮鬥吧。

那一次是我第一次遇見醫師，平凡又帶點老練，手抓著一把把的藥草往報紙上放，完全不過秤，看起來相當有經驗且充滿自信。

然而這些藥必須用煎的，將藥草放到煮壺內慢慢熬，熬完加水繼續熬，總計需要熬出十四份，早晚都要喝。還記得那個時候家裡天天都是很濃的中藥味，姑姑還特別幫我們搞了一台煮壺，加快熬製的時間。

這些煎藥非常苦，我老婆又是特別不敢吃中藥的人，所以先前那些中藥都吃得很難受；而且這次是比之前那些科學中藥更難入口，但是為了身體好，捏著鼻子分了好幾口，硬是將這些苦吞下。

吃了兩三趟藥過後，我老婆的身體逐漸起了變化，手腳不再冰冷，小腿也不再腫脹痠痛，身體獲得全新未有的感受。

據我老婆所述，這樣的體驗是人生中第一次，感覺身體被啟動什麼開關似的，手心熱呼呼的，能量源源不絕，彷彿一出手就能打出如來神掌。

價錢上當然也是不便宜，一週吃七帖藥，一共一千多，一個月就要花快五千，而且過程中煎藥也必須花費相當多的精神與時間，身邊的家人也一起投入煎藥的行列。

但是，即使身體狀況改善了很多，月經卻還是無法正常來報到。醫師也覺得奇怪，所以每次都改變不同的配方試驗，熬出來的藥湯一次比一次還苦，持續吃了三個月，月經還是不來。

「現在子宮裡面滿滿的都是血，塞住了。」醫師把著脈說道。

「我幫你抓一帖藥，如果還是無法把月經催出來的話，就去大醫院做檢查吧。」這還真是第一次遇到被醫生退貨的情況，我老婆的身體到底是有多嚴重！

最後要離開的時候醫師還特別強調，去醫院檢查的話，子宮內一定是滿滿的血。我們對這句話半信半疑，心裡只是想著未來的路該怎麼辦，我們還有希望嗎？

不知道要去哪裡的我們，又回去中西區那間大醫院的婦產科找原本的醫生做檢查。

照了超音波後，醫生說：

「你的卵巢裡空空的，一個卵子也沒有，月經當然不會來。」醫師一副理所當然的口氣。

還真是諷刺啊，看了三個多月的中醫，喝了這麼多藥湯，花了這麼多錢與時間，竟然一點也沒用。

告知醫師我們過去都有吃中藥調理身體後，醫師似乎也是不以為然。最後醫師覺得我們情況不好，一直建議我們做人工或試管，但我們還沒想要走到這一步，所以就誰也沒跟誰講，很有默契的默默地逃避了這件事。

信心一直被打擊，眼看窮途末路，兵敗如山倒，我們到底還能撐多久？還是我們並沒有擁有孩子的命？無限懷疑人生，負能量越來越強，生育的計畫又進入冰河時期，誰都不願再提起。

六

自由的觸手

這一段時間我換了工作，新公司的工作內容又回到我比較熟悉的領域，而且薪水比之前高，同事跟老闆人都不錯，環境也很單純，所以我關閉開了一年多的求職履歷，全心全力專注於新工作上。

由於對生育已經不太抱有信心，我跟我老婆漸漸開始將重心轉移到「買房」這件事上。很多過來人跟我說，等你生孩子就無法買房了，而對於房子還是有憧憬的我們，自然很有吸引力。

大約有半年的時間，一直在看房，但都沒很認真在看，因為還在猶豫是不是真的要買、買下去後是否還有能力支付試管嬰兒的費用……，理想與現實交互拉扯著，誰也不讓誰。

最後我們在老家附近買了一間兩房格局的公寓，而這間公寓也為我們與孩子帶來了奇妙的緣分。事實上，在買房子的過程中，一直有個神祕的力量在引領著我們，即使走錯路，也會把我們指引到正確的方向，未來好像有個東西在等待著我們似的。

醫師有說過，月經一直不來的話對身體也不好，還是得吃藥催經讓子宮維持一定的機能。我們這一次去了我老婆多年以前去的那家婦產科，地點位在永康接近市區的大馬路上。這間醫院只有一位醫師，看起來年齡頗高，但這位醫師是多年前第一個幫我老婆診斷出有多囊性卵巢的醫師；當時也沒有多餘的想法，就直接過來找這位醫師求診。

看診的時候，除了跟醫師說明月經的情況，也告知了醫師想懷孕的事，於是醫師叫我進去一起聽診，上了約莫十五分鐘的健康教育課，醫師很用心講解，仔細地將子宮內部的構造跟懷孕的流程全部講過一遍。就在說到卵巢的時候，醫師竟然做出驚人的舉動……

「卵巢的卵子成熟後，會有一束自由的觸手把游出卵子捉住，然後送到輸卵管，但是這個觸手必須相當柔軟，就像這樣……」醫師說完後，縮著脖子雙手伸直，手指像彈鋼琴一樣隨意撥弄，隨著電腦椅的轉盤左右旋轉。

就這樣表演了五秒鐘，我跟我老婆互看了一眼，不敢笑出聲音，但這畫面實在太滑稽搞笑了，為什麼一個六十幾歲的老頭子要頂著禿頭做這麼好笑的動作？

為了不笑出聲音，我老婆跟我只能瘋狂的按捏大腿肉，希望瘀青的痛能勝過想笑出來的衝動。後續醫師又說了很多，但是我們真的很難再專心聽下去，直到看診結束。事後，這件事情我跟我老婆笑了很久，也常常提出來講。

後來我們又回診了一次，之後就再也沒踏進這間醫院了。因為我老婆覺得醫師年紀大，一直問重複的問題，對他沒有很大的信心。不過還是感謝醫師那次精闢的健康教育課，醫師說到一個重點：即使子宮情況良好，精子也順利遇見卵子，所有的條件天時地利人合，成功懷孕的機率也只有三分之一。

至今為止，我們失敗了很多次，月經調理也不順，可以說沒有一件值得開心的消息；外界來的關心不曾間斷，壓力大到破表，結婚已經快一年半，真的是被問到快瘋掉。實際上，我爸媽說他們也是被問得很慘，左鄰右舍親朋好友，打招呼第一句話就是什麼時候要抱孫。我爸媽知道我們很努力，也心疼我們。

雖然結婚一年半還沒生小孩的夫妻多得是，但是對於想要孩子的我們，就好像過了十幾年一樣，即使我說了千言萬語，大家還是無法體會我們當時的心情。

七

最後一哩路

上次在醫療界工作、介紹我們去東區看診的親戚，他當時正在永康一間知名的婦產科上班，他說那邊的不孕症醫師相當厲害。由於自己認識的人在裡面工作，多少有個照應，而且人家又極力推薦，所以過了沒多久，我老婆便去那邊的門診報到。

第一次看診見到醫師，醫師並沒有想像中那樣發出光芒，感覺算是一位沉穩又有經驗的醫師，外表帶點慈祥又有點慵懶，說話速度極快，聽說他的強項是照超音波，非常會找出影像內有異常的地方。

在跟醫師說明我們的求診經歷之後，醫師開始說明我們該如何解決，及未來會發生什麼狀況。醫師的話淺顯易懂，我老婆非常喜歡這位醫師說話的方式，我也覺得不錯。最後有提到我之前精液報告的事情，醫師則說：「已經過了一年，說不定情況變好了也不一定，總之等新的數據報告出來，我們再做打算。」

醫師一派輕鬆的說著，但是我其實還是害怕檢查出來的結果又不好，甚至想說應該不會好轉了，是不是直接做人工受孕會比較快呢？

我的檢體遲遲沒有交給醫院，過了三天，我老婆安排了輸卵管跟子宮的檢查。

檢查的結果有點出乎我們意料，醫師說子宮內很好，沒有任何異常，輸卵管也相當的暢通，就只有卵巢內的卵子全都小小的而已。醫師似乎對這種情況習以為常，只開了排卵藥，就沒有再做其他的檢查了。

這位醫師給我們的感覺就是有一種說不出的安心感，或許是他說話相當有自信，把我們的信心也帶起來；而且他好像覺得我老婆的情況一點也不嚴重，甚至不曉得為何我們會這麼擔憂。這樣的情況也是看了這麼多醫生、跑了這麼多醫院以來第一次。

到了六月份，月經終於來了。期間還是有回去檢查，但是都沒有卵子，醫師只說子宮內膜太薄，於是又進行了調理，排卵藥還是繼續吃。

約莫八月，一位比我晚結婚一年多的朋友告訴我，他老婆懷孕三個月了。聽到這個消息的我非常開心，但隨後又是一陣難過，我老婆也是相同的心情。當晚我老婆躲在棉被裡偷哭被我發現了，我的心情相當難過又無奈。當晚想了很多，隔天，我做了一個重大的決定。

「我們再繼續嘗試吧，如果今年再不成功，明年我們就做人工受孕。」

我老婆聽了之後感動的哭了，我也是抱著必勝的決心，不再讓她傷心與難過，這樣的日子真的受夠了。

我老婆的一位好友，知道我們一直很想懷孕，所以送了一盒蜆精讓我好好補身體。

喝了半盒蜆精後，我將遲遲未給的精液檢體送到醫院檢查，希望能有好結果。過了一週，報告出來了，又出乎我們意料之外。

「你的精液報告很正常啊，除了活動力弱一點而已，但是還夠用。」醫師又是一派輕鬆的說著。

「什麼！」我很驚訝。

液化時間從之前的超過一小時變成了四十五分鐘，雖然還是比正常時間久，但至少它不再是紅字，精蟲數量也暴增到兩億五千萬隻，是正常的標準內；活動力快速的精蟲也有百分之十六，雖然這一項是紅字，但是已經比之前的百分之五好太多了，整張報告也就只有那一行紅字。

真的非常感謝我老婆的朋友送的那一盒蜆精，還有經常陪我去吃海鮮的朋友，跟一路上給我支持的人，托大家的福，我終於恢復正常的體質了！

我老婆也是又驚又喜，信心大增，感覺成功就在眼前，就差最後一哩路了。

但之前一直吃健保的排卵藥，未有成效，醫師直接改成自費的排卵藥，一顆要價六十，早晚一顆需要吃五天。事實上醫師還有給我們退路——如果自費排卵藥再沒效果的話，還可以打排卵針。所以我們趁著這股氣勢，一鼓作氣地向前大步邁進。

到了九月中月經來完，開始吃自費排卵藥，月底的時候再去進行檢查。醫師照了許久，沒發現有卵子，我老婆有點失望，心裡剛開始想該怎麼辦的時候……

「有了！」醫師驚呼了一聲。

「找到一顆一公分大的卵子。」醫師帶著興奮的語氣說。

後來醫師要我們十月五日再次回診，但那天是平日，要上班，晚上醫師又沒看診，於是醫師說他推測那天最有可能卵子會游出來，要我們在那一天行房。

回家後，各自進入備戰狀態，因為我們都知道這是一次非常好的機會，不要再像上次那樣臨時翻車。我老婆小心翼翼地備孕，而我則是繼續吃蜆精外加B群，有時候還會跑去喝牛肉湯，為的就是這一場戰役。

而在到達指定日期前，我老婆都有用排卵試紙測試排卵的情況。十月四號的早上，第二條線出現了！不過還沒有很深。晚上再測一次，兩條線幾乎快一樣深了，怎麼辦？要提前一天行動，還是要依照醫師的指示等到明天呢，考慮了一陣子，我們決定把握這次的機會，畢竟醫師也只是推測，試紙應該是當下最能夠判斷的依據，於是我們比原本預定的提早一天執行任務了。

十月七日回診，醫師一如往常地照著超音波。

「你們十月五號有行房嗎？」

「我們是十月四號行房的。」我老婆如實回答。

「你看這裡有一圈白白的，這就是卵子剛游出去不久的證明，可以的話今晚回家再加強一次。」醫師也幫我們再次掛號，十月二十三日再回診驗孕。

我們不敢有任何怠惰，醫師說的話就把它全當作聖旨，沒有任何懷疑。

接下來的日子不知道為何，我一直充滿信心，覺得這次肯定有了。可能是醫師每次的表情都那麼老神在在，感覺就像在跟我說「你們沒問題的」。不過我老婆則是比較保守，或許是怕希望落空，所以不敢抱太多的期望。

這段期間，我們當然忍不住地一直驗孕，但是都沒有好消息。時間一天一天過去，已經過了十多天，信心開始下降，我老婆又一直說她偶爾會覺得不舒服，好像感冒了。不過我當下並沒有太大的失望，只是抱著有就有，沒有也沒關係，下次再努力就好的想法，開始為下一次的懷孕做準備。

十月十八日這天，我老婆做了個夢，夢到她生小孩，小孩頭是朝下的。隔天一早起床馬上驗孕，發現竟然有淡淡的第二條線！為了給我驚喜，而且又怕是假性懷孕，空歡喜一場，所以一直忍耐著，沒有馬上就告訴我。

當天，我老婆食欲不佳，精神不濟，好像感冒一般，很累很不舒服，中午就請病假休息了。

她回家後睡了很久，心裡又有點擔心，原本的婦產科醫師當天又沒診，所以我老婆就偷偷跑去新化一家婦產科做檢查。照了超音波後，醫師說輸卵管內有一個小點應該就是受精卵，不過情況看起來有點像子宮外孕，需要再多觀察幾天。

其實醫師也不敢肯定那一小點就是受精卵，所以開了些舒緩身體的藥。我老婆回家後便把驗孕棒藏在一本筆記本內。

我回家後，我老婆還故意騙我說她去看過耳鼻喉科了，並且有吃感冒藥。我不疑有他，還跟她討論說要不要婦產科回診的日子改期，等月經來後再去。當下我確實有些小失落，怎麼又翻車了？明明是一次這麼好的機會，但是看著老婆感冒不舒服，我也不忍責怪她，只能等待下次機會到來。

我還在調整失落的心情，突然間，我老婆把手機對著我錄影，並且要我翻開筆記本看。我還茫然著她的舉動，不知道是怎麼一回事，就看到了驗孕棒上有兩條線！

「這是什麼……」我明明知道這是驗孕棒，但還是忍不住想從她嘴裡知道答案。她沒有回答我，只是一直開心地笑，此時此刻我終於明白——

老婆懷孕了，我要當爸爸了！我們終於成功了！

之後我老婆一五一十把今天看醫師的情況都告訴我，還有子宮外孕的事情。雖然有點緊張，不過開心還是大於害怕，心中又開始湧出無限希望，相信這個孩子一定能夠順利出生，跟我們相見。

八

小光

終於在結婚接近兩年的時候懷孕了。

這一路走來實在是經歷了太多風風雨雨，從月經不來，到最後能夠順利的懷孕，就好像一趟奇幻的旅程。這個孩子一定是上天賜給我們努力不懈的禮物，壓力也在這一刻釋放開來，不再感到煩惱與憤怒，心裡滿滿的正能量。

但是我們也不敢大意，畢竟只是驗孕棒上出現兩條線而已，必須等到回診日再去找醫師確認比較妥當。

然而十月二十日這天，我外公走了。

外公將近九十歲，而且因為中風，行動不便多年。雖然我心中會有不捨，但是看到外公能夠無病無痛沒有罣礙，子孫也各有成就，心中不由得為他感到驕傲，同時希望他能夠一路好走。

這時候我突然想起小時候有人說過，家族內若有人走了，新的生命也會跟著誕生，這讓我更相信孩子即將到來，感覺周遭所發生的一切都是那麼息息相關，又有說不出的巧合。

而這一天，我老婆的身體突然好轉，不再有不舒服和感冒症狀。根據前位醫師敘述的，很有可能是受精卵順利著床了。我幾乎時時刻刻都跟我老婆說：「你懷孕了！」

我老婆既期待又怕受傷害，但我等了快兩年，這句話終於能夠說出口，甚至還無法置信，這個奢求已久的孩子，終於要與我們相遇了。

我心裡滿是感謝，對一路上給予我們鼓勵的親友們，以及所有的醫師跟醫療人員，再多的言語都無法表達我們的感謝之意。將那些曾經有過的抱怨與悲傷全都拋在腦後，我們的人生即將展開一條全新的道路。

十月二十三日，這天晚上是回診的日子，然而早上我老婆接到了一通電話：

「你們的房屋貸款審核通過了，再約時間對保和討論交屋。」

我們愛的小窩也有著落了，一切的一切都順利地超展開。自從簽約買了這間房子後，就遇到了現在這位醫師，我們的人生就從那一天起產生了很多變化，至今還是覺得不可思議。

晚上到了婦產科，護理師再次讓我老婆使用驗孕棒測試，這一次兩條線幾乎一樣深了。護理師拿了一張懷孕期間禁忌食物表給我們，我們更加確信真的有懷孕。

接下來照了超音波，雖然照不到任何東西，不過好像有一小點在子宮內，不確定是不是著床的位置，但醫師說那個位置是正常的位置，看起來也沒有子宮外孕。

最後醫師說：「恭喜！」

我老婆簡直感動得快掉下眼淚。這一天是我們雙喜臨門的日子，但擁有孩子的感動遠遠超過房貸通過。

出了醫院還撞見我老婆的好朋友，由於懷孕沒超過三個月不能講，所以並沒有當場告訴她，只是跟她說身體還在調理；其實在當下，我們根本迫不及待地想跟全世界宣布這個好消息。雖然每個即將當爸媽的心情都是無比的興奮與開心，但我敢說，我們一定比其他人還要開心幾千幾萬倍。

記得在結婚過後沒多久，我跟我老婆說，要是生了女兒，第一個的名字一定要有「櫻」，第二個一定要有「葵」，老婆抱怨我不公平，為什麼不幫男孩取名字？

一來是因為我比較喜歡女兒，二來是男生的名字真的不好想。老實說，我還能再想一百個女兒的名字，就男生的，一個字都想不到。

由於還不知道肚子裡面的孩子是男還是女，我們就依照兩天後光復節這個日子，先給他／她一個小名，暫時稱呼為「小光」吧。

九

不能說的祕密

雖然醫師跟我們說了恭喜，但接下來才是最關鍵的時刻，必須等到寶寶八週時，才能利用超音波檢測出有沒有心跳，有了心跳才算是一個完整正常的胚胎。

等待的期間非常難熬，擔心會不會是空包彈？會不會沒有心跳？開始無限的胡思亂想，不過我們仍然保持正能量，希望寶寶能夠來到我們身邊。

懷孕前三個月不能跟別人說，不知道是從哪流傳過來不成文的規定，後來仔細想想也是有它的道理，因為懷孕初期比較不穩定，流產的機率比較高，萬一一開始就到處跟別人講，後來發生不幸的話，實在是很難再開口說寶寶沒了。

我們真的很想遵守這項規則，但是又很想大聲的分享好消息，於是決定了，先跟家人和幾個朋友講，三個月後再慢慢的跟其他人說這個消息。

十月三十日，我們例行性回診，這次終於照到小小的胚胎，在子宮裡面，我們著實安心許多。但寶寶還太小，依然測不到心跳，醫師說兩週後再回診。

看著護理師給我們的超音波照片，可愛又小小的胎囊，就在我老婆的肚子裡面，這是我們愛的結晶，心中有著無限的感動。

出了醫院後，我決定告訴一個跟我一起奮戰的朋友。

這位朋友比我早結婚，但也是遲遲沒有消息，所以我後來也介紹他來這間醫院。經過了一番折騰，他老婆也順利的懷孕了，但是比我們慢，所以告訴他的當時，我能感受到他心中的失落，因為我也曾經非常害怕聽到別人懷孕的消息。我不斷鼓勵他要抱持信心，果然沒令人失望，他最後也做到了。

我老婆呢，決定用驚喜的方式告訴身邊所有的人，所以準備了一雙可愛的小鞋、超音波照片跟兩條線的驗孕棒，放在一個小盒子裡，盒子的封面貼滿了各國語言的「你好」，是一個很棒的點子。

隔天我老婆馬上回娘家，想給家人一個大大的驚喜。

首先登場的是我岳母，我老婆一回家馬上將盒子遞給她，並且要她馬上打開。

「今天又不是我生日，拿這個給我是要做什麼？」岳母開心地碎念著，「哇，這麼可愛的小鞋是誰編織的？」

當時我岳母迷上毛線編織，所以編織的物品特別吸引她的目光。隨後，她的表情轉為震驚，嘴巴張得大大的，約有五秒沒說話。

「這是……什麼？你懷孕了喔？」岳母不可置信地看著我老婆，這時候我老婆已經不知道在旁邊拿著手機對她錄影多久了。

「那我不能隨便拍你肩膀了。」雖然嘴巴這麼說，但手還是往空中揮一下，作勢想拍一下的動作。

岳母笑得好開心，她終於晉升為外婆了。天天祈禱我們能夠有孩子的岳母，終於盼到這一天了。

接下來是我大舅子。

一樣是在不知情的情況下把充滿驚喜的盒子遞給他，起初他還以為會是什麼整人的東西，把盒子拿到離自己最遠的距離才慢慢打開。

打開後一雙漂亮的小鞋出現在面前，大舅子倒抽一口氣，驚訝得說不出話來，一直沒有說話，可能嚇到了，久久無法自已，就只是一直看著那雙小鞋子。

小舅子因為上夜班的關係，剛起床，在精神恍惚的狀態下被我老婆強迫打開盒子看，打開後呆滯了五秒鐘，然後「哈哈」兩聲，手摀著嘴巴，感覺比大舅還要驚訝，也是一樣吃驚到說不出話來。

雖然我是後來看影片才知道他們的反應，但還是能感受到，大家都是真心地替我老婆開心與感動，也恭喜他們要當舅舅了。

過了兩天，我們將盒子交給了我媽，想看看期待最久的人反應會是如何。

我媽打開盒子後，一樣是被那雙可愛的小鞋吸引了目光，笑著說：「怎麼有這麼可愛的鞋子，是要給二姊的小朋友穿的嗎？」我二姊的女兒，因為還不到兩歲，所以我媽看到嬰兒鞋，第一個就是想到她。

「這麼小的鞋子穿得下嗎？」我媽疑惑地問著。

「那要看是給誰穿啊？」我拐彎抹角的想給她一點提示。

「看旁邊那個，旁邊。」我老婆指著驗孕棒。

我媽看著驗孕棒不說話，好像是在思考這是什麼東西的時候，突然間明白什麼似的。

「哎喲，好棒喔！」我媽睜大眼睛，開心地對著我們說。

其實我爸媽才是期待寶寶最久的人，他們知道我跟我老婆都很努力，但又不敢給太大的壓力。隨著日子一天一天過去，如今終於可以抱孫了，想必面對親友們的壓力也變不見了吧。

「這個是……哦，嗯……」我爸看著驗孕棒，一直不知道這是什麼東西。

我跟我老婆，還有我媽，三個人一直笑，又不斷地給提示，我爸還是不明白，搞到最後才跟他說懷孕了，他還疑惑了許久才明白到底是怎麼一回事。「恭喜！」我爸展開笑容，看來他也是相當的開心。

雖然我爸媽已經當外公外婆了，但是我們這個孩子對他們來說意義更不同，感覺就像這世界上，沒有什麼比這個更值得開心的事了。

之後又拿給許多人看，每個人都是既開心又興奮，我老婆的好朋友們還有感動到哭的。這個孩子還沒來到這個世界，就獲得這麼多關愛與祝福，我們自己也是非常感動，更加期待未來與孩子相遇的那一刻。

十

不安

懷孕的前三個月，是相對比較不穩定的時期，更何況現在還沒照到心跳，如果一有什麼狀況就要馬上去掛號看診，為的就是要保住孩子。

在來到這個世界之前的最後幾個月，爸爸媽媽無論要花多少時間與金錢，都會拚了命的去保護孩子走這一段路。

我們的孩子得來不易，更是比別人珍惜上天給我們的這個機會，一有什麼風吹草動，又沒當爸媽經驗的我們，自然是比別人更加緊張與不知所措。

十一月二號，是我外公的告別式，而這一天剛好是我們新家大樓第一次召開管委會，每一戶都要有人出席。因為我老婆懷孕的關係不方便去告別式，所以我去外公告別式，而我老婆去開會。

就在告別式快圓滿時，我老婆突然打給我說，她有一些出血，想馬上去醫院。告別式結束後我馬上趕往醫院，一路上腦袋胡思亂想著各種情況。

到醫院後，還沒輪到我們看診，因為是臨時掛號的，所以要等很久。等候時，我們坐在候診區開始上網查詢怎麼一回事，並且回想是不是吃了什麼不該吃的東西，做了什麼不該做的事？

最後輪到我們看診了，醫師看了超音波後，只說有出血的話就是要多臥床休息，不要過度走動。最後打了一支安胎針，又開了一些止血藥跟黃體素，我們就回家了。

等待照心跳這段時間，真的很難熬，一方面是期待的，另一方面又要做好心理準備，想好各種打算。我想每個父母都是這樣吧，有了孩子之後永遠都擔心不完，擔心產檢有沒有問題、奶粉吃哪牌才好、學業跟不跟得上、工作是否順利、嫁得好不好……，所以自己也漸漸的能體會很多事物。要當孩子的父母，還真的是一件不簡單的事情。

這一段時間，我老婆幾乎都躺在床上，隔週我也叫我老婆請兩天假在家好好休息，而我就是負責所有的家務，還有買我老婆喜歡吃的東西，把她當皇后一般伺候；不為別的，就是希望小光能夠平安就好，要我做再多的事，都不會有半句怨言。

臥床休息似乎也產生作用了，不再出血，身體也沒任何不適，又過了一週總算穩定下來，著實鬆了一口氣。

這是我們懷孕後遇到第一次的危機。很多事情的發生，對我們來說都是第一次，沒有經驗只能到處問，然而每個人給的答案都不一樣；也常遇到不知道該如何做決定的狀況，到最後我們都是遵照醫師的指示，畢竟還是醫師最了解我們的狀況。

現在回想起來，那段時光其實是很甜蜜的，即使擔心也是甜蜜的負擔。

成功懷孕帶給我們無窮的希望，思想也變得正向，周遭的事物都美好起來，沒有什麼事情比終於懷孕更開心的了。

小光快出生吧，爸爸媽媽已經迫不及待想看到你了，有很多很多話想對你說哦。

十一

心跳

十一月十四日，來到了懷孕的第七週，正常來說是一個可以照到心跳的週數。當然也有人到第八週或第九週才照得到心跳，但要我們再多一週的等待，實在受不了，希望今天就能夠順利地照到心跳，讓我們安心。

到了醫院依然是漫長的等待，看著許多挺著大肚子走來走去的孕婦，或是帶著小孩來看診的人，心情就覺得特別好。我也快要可以跟他們一樣了，感覺自己人生又到達某個更進一步的階段，就好像自己又成長了一樣。

「有沒有看到這裡一閃一閃的？這就是寶寶的心跳。」醫師指著螢幕上的小光點。

那個光點，就像黑暗中閃爍著希望的燈塔一樣，在茫茫大海中指引我們前進。

我們的孩子有心跳了！

當下雖然沒有感動到想落淚，但還是覺得非常開心。為了這一刻足足等待了兩年，中間經歷過那麼多事，曾經有好幾次都想放棄，最終上天還是眷顧我們的，給了我們這個孩子，這是我們連做夢都想不到的事。

「心跳一百四十六，很確定這不是媽媽的心跳，今天可以領媽媽手冊了。」

走出診間沒多久，護理師過來跟我們說要去哪個地方拿媽媽手冊，並且去衛教室報到。

當時的候診區沒有很大，附近又都是滿滿的人，護理師講這麼大聲，旁邊的人肯定都聽到了，不過我們不覺得害羞，反而還有點驕傲，我們終於確定懷孕成功了。

再等待幾個月，就可以跟寶寶相見了，這一切都是那麼的美麗又不真實。或許真的是等待太久了，才會有這種不真實感。

回家的時候，我跟我老婆順路去了嬰兒用品店逛逛。之前去，都是幫別人挑禮物，買別人的東西；這一次去，是幫自己的寶寶買東西，心境完全不同。原來幫自己的孩子買東西是這種感覺，好像在做什麼重大決定一樣，所有的東西都仔細看過一遍。

其實我們也不是真的要買東西，只是想感受這樣子的氛圍而已，畢竟是第一次當父母，做出什麼別人會覺得奇怪的舉動也不意外。

最後，我們決定幫孩子買的第一個東西是搖鈴玩具。這個時期其實還不需要買什麼必需品，但買這個玩具，起碼我還可以每天隔著肚子跟他玩，好好建立親子關係，所以這個簡單的小玩具，對我們來說意義非常重大。

好不真實，這一切似乎發生得太快，但又確確實實的出現在我們生命裡。小光選擇在這個時候來到，一定是上天安排好的，為了讓我們更珍惜，所以讓我們受一點苦、經歷一些風雨，才讓小光來到這個世上。也正因為這些考驗，我們真的更加倍愛這個孩子，即使寵壞了也無所謂，因為他／她是我們好不容易才盼來的。

照到心跳、拿到媽媽手冊後，就要開始接受一系列的檢查，不過因為一些因素的考量，我們告別原本的婦產科，來到位在北區的另一間婦產科產檢。

這家也算是很有名，不少人都推薦與介紹這一家，但會讓我們選擇這裡的主要原因其實很簡單，就是我們發現這裡出生的寶寶特別可愛，每個抱來回診或出院的寶寶，都有天使般的臉孔，彷彿上天賜予的孩子，每一個都可愛到不像話，小光如果在這裡出生的話，應該也會跟他們一樣吧。

這裡的醫師說話非常溫柔，慢條斯理，不讓人感覺到一絲緊張。

第一次來這邊看診，也是我們第一次聽到小光的心跳，那是一個強而有力的心臟，撲通撲通的心跳聲在整間超音波室迴盪；原來這就是小光的心跳，我跟我老婆都非常感動，甚至還紅了眼眶。雖然他／她還沒出生，但我們已經更加確信他／她已經出現在我們生命裡，不真實感也逐漸消失了。

十二

子癲前症高危險群

隨著週數越來越多，我老婆也開始出現一些懷孕會有的症狀，不過特別的是，她一次孕吐都沒有，衛教室的護理師還笑說，不會吐的話可以多生幾個。看來孕吐這件事對孕婦來說真的很痛苦，也聽說過有人是全程吐到生產，真的很難想像。

但我老婆有另一個困擾，就是腳會麻。醫師解釋因為寶寶越來越大，會壓迫到神經，由於之前腰部有受過傷，稍有壓迫就特別有感覺，如果站太久或坐太久，右腳就會漸漸發麻，嚴重時整隻右腳都會很不舒服，唯有躺著才能解除症狀。

由於寶寶在肚子裡面，完全不知道他／她過得如何、心跳有沒有正常、營養夠不夠，所以我們常常窮擔心，想找各種理由回診看看寶寶。有時候醫師也覺得莫名其妙，為什麼我們一點小事情就要特地跑來看診，其實，我們只是想多看孩子一眼，知道他沒事，我們也就安心了。

初期產檢有非常多項目要做，基本的血液檢查、唐氏症、染色體脆折症、脊髓性肌肉萎縮症、子癲前症、弓漿蟲檢查……，族繁不及備載。雖然每次看報告都很緊張，但只要一想到能夠再次透過超音波看到小光就覺得興奮不已。

在等待報告期間，醫院打來一通電話。

「檢驗報告都沒什麼問題喔，只是子癲前症判定為高危險群，回診時醫師會跟你們說明。」

子癲前症？那是什麼？

後來才知道，子癲前症是導致孕婦死亡的三大主因之一，然而為什麼會得到，以及如何預防，在醫學上都還沒有完全的解決方法，若要解除症狀，唯一最好的方法就是生產。

當然這只是網路上查到的資訊，我想還是醫師比較清楚我們的狀況，搭配其他數據提供最好的解決方案與治療才是上策。在還沒聽到醫師解釋之前，我只能告訴自己不要亂想，一切都會過去的。

回診時，醫師先對其他的檢查數據做說明，幾乎沒什麼問題，只是缺少德國麻疹的抗體，生完後再去注射即可。至於子癲前症，檢驗的結果雖然判定為高危險群，但也不是即刻就會發生，所以一步一步慢慢來，也需要做好長期抗戰的準備。

由於當時我老婆的血壓很高，怕為演變成妊娠高血壓，所以醫師有開「阿斯匹靈」給她服用，這種藥物對於子癲前症高危險群的孕婦在臨床上能發揮相當的作用，醫師也要我們去掛心血管科，做更詳盡的檢查。

當然，我們也怕吃的藥物會影響到肚子裡面的寶寶，醫師微笑的說不用擔心，這些藥物都是有經過篩選的，並不會影響到胎兒，也告訴我們很多正確的觀念，母體健康，寶寶才能健康。

不敢有任何怠惰的我們，開始找尋各大醫院的心血管科評價，最後找到了一間位在東區的診所，裡面的心臟科醫師很有名，在網路搜尋的話很容易找到他上節目的片段；醫師簡介裡，經歷也是相當豐富，稱得上心臟科的權威，所以我們過沒幾天就去診所報到了。

醫師看起來不算老，帥氣的臉龐搭配溫柔的語調，使得他說的每句話都很有說服力。我們把事情的來龍去脈說明後，醫師說要真正發展成子癲前症其實也不是那麼容易。

照了心電圖跟心臟超音波，沒什麼太大的問題，只是心跳比一般人快一些。醫師開了降血壓的藥，當然是對胎兒不會產生影響、有篩選過的血壓藥。此外，醫師也開了處方籤，方便我們在自家附近就能取得，只是要我們注意，他開的這種藥並不常見，不是每間藥局都會有，可能要請藥局先訂。

看診完，我們對於子癲前症也不那麼懼怕了。回想這一路上，遇到這麼多好醫師，而且一關一關闖過，也讓我們逐漸卸下焦慮，只想沉浸於懷孕的喜悅當中，開始忽略該有的擔心，漸漸失去警覺性，因此，最後發生的事，是我們一輩子都意想不到的。

懷孕期間，讓我老婆最有感的痛苦其實就是腳麻，孕吐只有過一次。其實那一次也不太算孕吐，只是藥物沒吞好，一直卡在喉嚨不上不下，突然一陣噁心感就吐了，當時我還開心地安慰我老婆說：「大家都說有孕吐是寶寶健康的證明耶，恭喜你終於孕吐了。」

我一邊安慰老婆，一邊清理嘔吐物。事後，我老婆覺得我很偉大，竟然敢徒手去抓她的嘔吐物。這並沒有什麼，只要老婆平安健康，小光順利長大，我什麼事都願意去做。

孕期悄悄地來到十六週，腳麻的狀況竟然有稍微好轉。或許是害喜的症狀逐漸退去了，我老婆終於不再那麼痛苦。我很替老婆開心，畢竟我無法為她分擔痛苦，只能眼睜睜的看著她獨自疼痛。幸好情況一天比一天進步，血壓也順利的控制下來，先前的不安感也逐漸消失了。

十三

性別揭曉趴

早在懷孕初期，我跟我老婆就決定要舉辦性別揭曉趴。

這個活動在國外相當盛行，方法很簡單。首先請醫師將寶寶的性別寫在一張小卡片上，再根據卡片上的性別去製作蛋糕，由蛋糕內餡的顏色來區分寶寶是男生還是女生，開趴那天再由爸媽切開蛋糕揭曉這一切，是個相當好玩的活動，而且透過這種方式告訴大家寶寶性別也是蠻有趣的。

在小光十二週的時候，我們就開始為性別揭曉趴做計畫。雖然感覺早了些，但是我們實在太愛小光了，能為它做的事，總是滿懷感激、積極地提早準備。

在第十六週產檢的時候，怕醫師不小心把性別講出來，所以有特別告知醫師，不要告訴我們性別，把答案寫在紙條上就好。醫師似乎也覺得有趣，告知我們下次準備一張漂亮的小卡片，他再把結果寫在上面。

其實我們在很早之前就能知道性別，只是這樣一來一往又拖過了一次產檢的時間，產檢也不是每個禮拜都去，最後才演變成，很多人問我們寶寶的性別，我們也都不知道的情況。

當然，被詢問時我們會把性別揭曉趴的事情告訴大家，有人覺得很有趣，也有人覺得我們夫妻倆真的是太閒。

說到底，這個活動還是我堅持要辦的，我不想錯過孩子人生中的每一個階段，就算未來再怎麼忙也要參與其中。後來我讀了一本書，書中寫道：「養育小孩的目的，就是要讓父母有所成長，如果能理解這一點，就代表您從父母親那裡畢業了，現在輪到您對小孩全部重複一遍。」

我想，當我有這種想法的時候，應該已經做好成為人父的心理準備了吧。即便小孩尚未出生，我跟我老婆早就準備萬全，迎接這個期待已久的新生命。

畢竟生活還是要有一點儀式感，說要辦活動也不能太馬虎，不過最重要的還是要先知道寶寶的性別。剛好我老婆的藥快用完了，順便回診開藥，但醉翁之意不在酒，我們其實只是想趕快得知性別。

這次回診，寶寶動得很開心，手跟腳舉得高高的，非常可愛，超音波也照到了完整的脊椎，雖然看不懂，還是覺得非常不可思議，一個完整的小生命就在肚子裡，我老婆也常說肚子裡面有寶寶真的是一件很神奇的事情。

由於今天的角度不錯，醫師有照到心臟跟一些臟器，也都沒什麼問題。最後醫師將探棒移到側面，大約六、七秒沒說話，我跟我老婆也屏息以待，即使醫師沒說，我們也很有默契地知道醫師正在照看是什麼性別。

「好，我知道了，等一下把卡片給你們。」醫師很有自信地說。

結束看診後，護理師將我們提前準備好的小卡片摺好歸還給我們，上面已經寫好性別了，我們小心翼翼地收著，就好像第一次拿到薪資袋那樣興奮。

由於怕我老婆偷看，所以我約了友人來我家拿卡片，請他去代訂蛋糕，目的是怕自己訂的話，會不小心得知性別。為了保持這份神祕感到最後，我們計畫得相當周詳，直到最後一刻都還是保持未知狀態。

蛋糕選擇很簡單的款式，沒有誇張的顏色也沒有繽紛的水果，只在白色鮮奶油上點綴一些粉藍跟粉紅的可愛小圖案。遊戲規則很簡單，就看蛋糕切開後的內餡，若是藍色就是男生，粉紅色的話就是女生，簡單又好玩。

雖然性別是男是女我都會很開心，但我還是私心想要個女孩；我老婆則是一開始想要男孩，但到最後，也跟我一樣，覺得女兒比較可愛。

蛋糕請友人下訂完成後，就以蛋糕製作好的日期開始邀請大家來參加揭曉趴了。我也透過這個活動在臉書的發表，順便告訴還不知道的朋友們，我老婆懷孕了。大家在留言處除了猜男猜女以外，也紛紛獻上祝福，恭賀我即將成為爸爸。真的很感謝大家的祝福，我都收到了。

之前在網路上看到別人舉辦的性別揭曉趴，現場布置得很漂亮。我跟老我婆也想跟他們一樣，辦得熱熱鬧鬧的，讓大家玩得開心，所以上購物平台買了道具跟氣球，只是為了讓活動更熱鬧有趣。

開趴的前一天，我還特地去買很多手工餅乾，把活動搞得跟大型活動一樣；晚上開始灌氣球、拉字卡，終於將現場布置好，現在，只差蛋糕切開的那一刻，就能夠知道小光的性別了。

我們打算讓猜性別活動增加一點刺激性，特地安排了獎勵跟處罰。猜對的人，獎勵是彌月禮盒多一份；猜錯的話，必須購買一袋紙尿布給小光。當大家還不知道處罰是什麼的時候，都非常緊張，怕會是小孩的註冊費、一年份奶粉等等，回想起大家害怕的畫面，真的非常有趣。

隔天，我跟我老婆一早就前往蛋糕店取貨。我的友人已經跟店員套好招了，特別強調不可以透露性別，店員也很配合，安全的將蛋糕交給我老婆，曾經預想過各種狀況的我們也鬆了一口氣。

活動時間快開始了，親朋好友們陸續到來，我老婆的肚子少不了被大家好好關注，有人說一定是男的，有人說一定是女的，還有人直接摸摸肚子，希望能獲得更準確的判斷。

當時我真的好開心，即使還沒真正揭曉性別，但我知道，小光會是在這麼多的祝福之下出生。

未來，除了爸爸媽媽的愛，還有這麼多人也愛著他／她，期待著他／她，這些愛也支持著我跟我老婆繼續前進。

過往那些黑暗的路，已經被大家的祝福給照亮了，過去的那些壓力也轉變成希望的光芒，指引我們一步步前進。

擁有小孩真的很幸福。這段期間，小光教會了我們很多事情，我們更懂得感恩，也開始懂得為自己著想。以前總是太在乎別人的眼光，而做些不是自己內心想做的事；有了小孩後才知道，珍惜自己所擁有的幸福，才是最重要的，不需要再為他人而活。人生其實很簡單，只要我們自己覺得好，就好了。

投票結束，要切蛋糕了！

結果選擇女生的人比較多，希望結果真的是如此。

我跟我老婆拿起刀子往蛋糕中間劃開一刀，刀子上出現了一些粉紅奶油。

「是女生！」已經有人按捺不住地大叫。

第二刀切下去，刀子上沾滿了更多藍色的奶油。

「哇！是男生耶。」答案似乎快揭曉了。

接著我把蛋糕拉出來，裡面的內餡，竟然是漂亮的粉紅。

「粉紅色！」

現場所有人異口同聲地歡呼。

我高興地比出勝利手勢，甚至有點感到不可置信，我真的可以這麼自私的得到自己想要的女兒嗎？我們的孩子真的是女生耶，此時此刻，我比猜對的人還要開心，真的可以說是我人生中最高興的一刻了。

十四

女兒

這一天晚上，我們將手機記錄寶寶的軟體，名字從小光改成小櫻，「櫻」還特地使用日文字，覺得念成日文也很可愛。

雖然大家知道是女生後，沒有什麼太大的反應，但我真的好開心，開心到無法用言語形容，甚至比知道成功懷孕還要來得高興。

從這天晚上開始，我每天都會跟小櫻說話，即使知道她根本聽不到。「小櫻，你一定長得很可愛，爸爸好愛你喔。」這句話每天會隔著肚皮跟她說一百遍。

知道是女兒之後，我老婆也開始購買一些嬰兒的衣服與用品，當然，都是以粉紅色為主，就跟櫻花一樣。

從奶瓶到衣服，連玩具都是粉紅色，雖然我還是會念我老婆愛亂買，但看到那些可愛的衣服，感覺心已經被融化，真想快點看到小櫻穿上那些衣服。

過了幾天，我們又回去產檢，大致上沒什麼問題，寶寶也很健康，只是我老婆跟醫師說，有時候肚子會變硬，也開始會有一些分泌物。

醫師說，肚子有變硬的感覺就是宮縮，這個週數不應該會這樣，他叫我老婆不要太累，分泌物的部分則是開藥膏。因為已經來到二十一週了，所以順便預約了一些中期的產檢項目。

對於偶爾會有宮縮的情況，我們剛開始有點擔心，但很多人說，偶爾的話是假性宮縮，屬於正常情況，加上醫師開分泌物的藥，使用之後，隔天改善很多，所以這件事並沒有放在心上，以為多休息就好了。再過兩個禮拜就要照高層次超音波，我們也開始將注意力轉移到下次產檢的項目上。

隔天，是我老婆的生日，依照慣例，每年生日都會特休一天出去玩；但這次比較特別，是第一個有孩子陪伴的生日，當天將帶著小櫻一起度過。

由於有孕在身，所以知道不宜玩得太累，因為之前友人建議，再給大醫院醫師看一下寶寶比較保險，並推薦了一家醫院的婦產科醫師，生日當天，我老婆便特地預約給這位醫師看診。

醫師看完之後說，都很符合這個週數該有的大小，是個很健康的女寶寶，我老婆很開心。看完診後吃個飯，就準備要回家休息了。

我老婆深信，生日歲數只要逢九，就會帶來很多災難，那年剛好是她二十九歲生日，也怕會發生什麼不好的事，這也是即使是她的生日，她也想早點回家的原因之一。

後來想想，我老婆的話真的一點都沒錯，我自己本身也是二十九歲那年遭遇了一大堆災難，就是文章開頭、我結婚的那年。

我回家之後，理所當然的問我老婆產檢得如何，她說醫師跟護理師都有點尷尬，因為我們又不是要轉院產檢，為什麼還要特地換一個醫師再看一次。

我只是笑了笑，畢竟我們是第一次當父母，會有很多令人不解的擔心跟舉動，也是很正常的吧，畢竟小心駛得萬年船，多一個人的保證，就是多一份保險，就算真的沒必要，我也覺得我們做的並沒有錯。

隔天，小櫻似乎知道醫師稱讚她是健康的寶寶，開心的動來動去，我也是第一次感受到這麼明顯的胎動。

擁有寶寶的感受越來越真實，已經可以開始想像我抱著小櫻的畫面了。

十五

急診

二月二十日，這一天是星期四，是我老婆懷孕二十一週又五天的日子，也是我生命中永遠無法忘卻的一天。

這天晚上，是我定期看牙齒回診的日子，由於預約的時間是晚上八點，所以我下班就直接過去醫院，直到晚上九點多才回到家。

沒想一開門進房間，竟然看到我老婆很不舒服地躺在床上，神情緊張，好像發生了什麼很嚴重的事情。

「我的肚子很不舒服，一直很規律地宮縮，該怎麼辦？」

「你有吃了什麼東西嗎？還是做了什麼事？怎麼會這樣？」

「不知道……早上感覺內褲有點濕，我以為是分泌物，就沒理它，塗了一些上次開的藥就繼續上班。晚上吃完晚餐後，肚子就開始怪怪的了。」

「那你要現在去看醫生嗎？」，

於是我開始找尋這個時間還有開的醫院，但是已經晚上九點半了，各家醫院都已經結束門診。

「還是你明天要請假去看醫生？」

「好，我先跟主管請假。」

但是這次的狀況真的跟平時不一樣，不太尋常，然後我老婆說出了更驚人的事情——

「可是你還沒回來的時候，我上網路查現在的情況，好像都很符合要生產的徵兆……」

「還是……你現在要去掛急診？但……會不會太誇張啊？」

我們兩人又思考了幾分鐘，最後還是決定去掛急診，看醫師怎麼說。

跟家人簡單告知後，馬上驅車前往醫院。

剛開出門沒多久，我發現右邊的後照鏡故障了，還要我老婆用手直接把後照鏡扳開，來回幾次後，終於調整到我要的角度，然而空氣中開始瀰漫著不尋常的氣氛。

「會不會去到醫院檢查後，發現我根本沒有事情啊，好像很丟臉耶。」

「哈哈，說不定會哦。」

我跟我老婆開玩笑地說著，但是這完全沒有幫助我們把氣氛緩和下來，心裡越來越緊張，好像就要發生什麼大事一樣。

「幸好我們有來醫院，我現在宮縮越來越頻繁了……」

「沒事的，醫院快到了。前幾天不是才剛產檢完，醫生都說沒問題。」

我一邊超車一邊安撫她。

就在快到醫院的時候，不知道為什麼，一陣恐懼感突然向我襲來，心裡開始害怕，油門越踩越重，在車陣中快速穿梭，直到我老婆叫了一聲我的名字，我才將速度慢慢減緩，這時我們已經來到急診室門口了。

我讓老婆先去掛急診，我去找車位。好不容易停好車後，我急急忙忙奔向急診室，卻在門口被警衛擋了下來。

「先生，不好意思，沒有戴口罩不能進入。」

由於新冠肺炎的關係，管制非常嚴格，進入醫院一定要戴口罩，於是我又跑回車上找口罩，翻了很久終於找到一片口罩，邊跑邊戴奔向急診室的方向。

進去急診室後，我向櫃台查詢我老婆目前在哪邊看診，櫃台查了許久才說已轉往隔壁棟的婦產科。

因為不知道正確的位置在哪，我走出急診室撥給我老婆，但是她沒接，我自己摸索了很久才找到婦產科，就在急診室隔壁棟的四樓。

好不容易到達婦產科，我卻進不了門，電動門完全沒有反應。在門外徘徊了很久還是不知道該怎樣才能進去，我無助地坐在門外的椅子上。

終於有個護理師開門進去了，原來門旁邊有一個門鈴，要按了才會有人開門，剛剛我太緊張，完全沒有看到。

進去後，護理師終於帶我到我老婆的身旁。

她正躺在待產室。待產室非常非常小，只能放一張病床、一個小桌子，和一小塊連躺椅都攤不平的小空間。

我老婆的肚子上繫著胎音器跟偵測宮縮的儀器，狼狽又無助地躺在那裡，看起來非常不舒服。她已經躺了快半小時，此時我才知道自己竟然在外面晃了這麼久。

為了讓我老婆安心，我坐在旁邊握著她的手，告訴她一切都會沒事。這些話其實是在安慰我自己，看到我老婆躺在病床上，我是真的有點嚇到。

又過了半小時，護理師要我老婆先去廁所採檢體，之後住院醫師馬上幫我老婆看診，護理師特別交代我老婆要慢慢走。

然而，走去廁所，再走去診間，也是我老婆產前最後一次雙腳著地走路了。

護理師拉上簾子後，我在門外只能等待。雖然隔著簾子，依稀聽得到有人說話，卻完全聽不清楚。

我老婆看診大約有五分鐘之久吧，還沒聽到結果，我的心情又開始緊張起來，擔心是不是真的發生了什麼事，或是醫師還找不到原因，正在更進一步的檢查。

終於，我被護理師叫進去，住院醫師馬上跟我說明情況。

「剛才我們照超音波看了很久，寶寶沒什麼問題，看起來很好，但是……往下照才發現，現在子宮頸已經開三公分了，羊水膜已經跑出來一半……」

此時我跟我老婆還不知道發生什麼事，我反而還有一點開心，心想終於找到問題所在，知道了讓我老婆這麼不舒服的原因。

「這一團黑色的就是羊水膜，可以看到它已經掉出一半在子宮頸外了。」

住院醫師持續跟我解釋。

「羊水膜有機會跑回去嗎？」

「……不一定，要看狀況。目前先採取頭低腳高的姿勢，讓羊水膜不要再往更外面掉，必須完全臥床。」

「連上廁所也是嗎？」

「對，完全不能下床。」

「那……目前狀況算很糟嗎？」

「……情況不太樂觀，有可能隨時會生，也有可能可以撐很久，目前只能先這樣，走一步算一步了。」

醫師話說得很保守，其實當時的情況真的非常危急，但是他們不能擊潰我們的信心，一直不斷地想辦法鼓勵我們。

「目前唯一的好消息是，寶寶沒有受到影響，狀況很好，羊水看起來也還算充足，等一下再檢查羊水有沒有破掉。」

在護理師的幫忙之下，我們將我老婆推回剛才那間小小的待產室，護理師不斷的進進出出，打點滴、量血壓、餵藥。過了一陣子，我跟我老婆才慢慢意識到事態的嚴重性，我們的孩子，很可能隨時離我們而去。我跟我老婆互看，一句話也沒說，心情處於隨時會崩潰的邊緣，絲毫不敢去反省到底為什麼會發生這種事。

「如果有想要大便的感覺，要馬上過來護理站跟我們說。」

過沒多久，我老婆還真的有想要大便的感覺，於是我走去跟護理師講。沒想到住院醫師一聽到，馬上跑進去待產室看我老婆的情況，後來我才知道，如果真的快要生，會有想大便的感覺，所以醫師才會那麼緊張。

「開指的情況沒有增加，應該是沒事，但還是有落紅。」

醫師過沒多久拿著羊水試紙進來，要測試看看羊水到底有沒有破，但是試紙上沾滿了血，無法判斷。

醫師又跑去拿一個要自費的試紙，雖然準確，但測試一次要八百多。不過當時已經管不了那麼多了，一心一意只想趕快讓我老婆穩定下來，哪怕再高的價格也得花。

午夜十二點，我傳了訊息給我老闆：「我老婆緊急住院，明天要請假一天。」

「啊……，好，你去忙吧。」

老闆在兩個多月前就知道我老婆懷孕了，昨天出差的時候我還跟他聊到。

「你老婆身體的狀況如何？」

「前天有去產檢，醫師說很好，沒什麼問題。」

結果當晚就緊急住院了，我告知的時候，他應該也是嚇一大跳吧。

我老闆娘有一對雙胞胎，都是女兒，長得非常可愛，不過他們在懷孕二十六週的時候也是住院安胎，直到懷孕三十四週才早產將孩子生出來，所以我老闆也知道懷孕真的很辛苦，看到我老婆住院的消息，應該多少能夠感同身受，沒有第二句話，就讓我請假，真的很感謝他。

接下來我還傳了訊息給同事，因為隔天原本是我要出差，只好麻煩同事幫我跑一趟。

隔天早晨才收到同事的回覆，也是爽快答應。真的很感謝他們，讓我能夠專心在醫院陪伴我老婆。

十六

漫長的一夜

漫長的一夜尚未結束。

在護理師的指示下，我來到櫃台辦理住院手續。接近午夜的櫃台沒什麼人，我很快就辦好了。

忽然想到，我應該要先跟岳母一家人告知這件事。我撥給大舅子說明來龍去脈，他也是嚇了一大跳，過沒多久他回傳訊息，岳母明早要過來醫院一趟，接替我照顧我老婆。

回到待產室，住院醫師說，由於隨時都有出生的可能，他會請小兒科醫師跟我們做詳細說明，這個週數出生的孩子應該要如何應對。

我跟我老婆心情都非常複雜。幾個小時之前，我老婆明明還沒事地躺在家裡，挑著未來要給小孩穿的衣服，現在卻得面臨隨時可能失去孩子的現實，心境轉換之大，我們真的是徹徹底底嚇到了，嚇到連眼淚都流不出來。

時間悄悄的來到二月二十一日，小櫻正好滿二十二週，孕期才剛進入後半段，但是一切都那麼無法期待。目前我老婆的狀況不明，羊水試紙也還在等報告，時間過得非常慢，慢得令人煎熬，恨不得馬上知道結果，要不就判我死刑，要不就放我一條生路，一顆心懸在那裡，已經怕到不知道該怎麼辦才好。

護理師寫了一份清單給我，請我去準備一些待產用品。

於是我快速地下樓找半夜有在營業的藥局，所幸醫院對面正好有一家。採買的時候，我很怕別人問起我老婆是不是要生了，因為我都是買一些生產相關的東西，產褥墊、清洗瓶⋯⋯，幸好店員沒多說什麼。要上樓時我還多買了一瓶水，從進到醫院到現在，已經好幾個小時，我跟我老婆都忙到沒時間喝水。

回到待產室後，我老婆說感染指數有點高，所以護理師過沒多久又進來打了抗生素，但是小櫻似乎不喜歡抗生素，每次打完沒多久就開始宮縮。

看著老婆痛苦的表情，而我卻什麼忙都幫不上。我想多分擔一些痛苦，即使把我痛死，我也想把孩子保住。為什麼老天要這樣對待我們？求子之路已經很崎嶇漫長了，連懷孕都要給我們這麼困難的考驗！

凌晨兩點半，暫時告一段落，只有宮縮時不時還是會出現，但已經比從家裡出發的時候好很多了。

趁著空檔，我趕緊回家拿一些生活用品，還有拿產檢的一些相關報告要交給院方。擔心我老婆一個人在醫院沒人照應，我三步當兩步，迅速地開車回家。

回家的時候，一個人在車上亂想，情緒非常混亂，開到一半還恍神，直接開到對向車道去，幸虧半夜路上沒什麼車，才沒發生事故。最後快到家時，還開過頭，又多繞了一段路。我很氣我自己，明明是要趕緊回家準備，快點再出門；覺得自己沒用到極點，到了這個時刻還在做蠢事。

回到家後，我大姊因為上夜班還沒睡，趕緊過來關心，我因為很累心情又不好，所以只是冷淡地說需要住院觀察，我媽媽也是不安的跑過來詢問。當時我真的很煩，加上我老婆的產檢報告找不到，口氣不是很好，印象中回到家不到一個小時，我又趕緊奔回醫院了。

凌晨三點半回到醫院，我已經累壞了，但心裡還是非常擔心我老婆，好在經過醫師的緊急處置，安胎藥也發揮作用，我老婆的陣痛終於有趨緩的跡象。

我讓我老婆趁這個機會趕緊睡覺，畢竟還是需要充足的休息，來面對接下來的挑戰。這場戰役會持續多久沒人知道，所以我們只能盡量做好準備，把精神養好。

我打開放在床邊的老舊躺椅，攤開之後發出吱吱的聲響，折騰了一陣子才把躺椅喬到一個最舒服的角度。老舊的躺椅，在我躺下去時發出了吵雜的噪音，我心裡想著，不知道這樣的日子會持續多久？

我轉身看我老婆，可能是因為太累又吃了許多藥物的緣故，已經睡著了。但是這一夜睡得非常不安穩，每過十幾分鐘，胎音器就會隨著胎兒的移動而偵測不到心跳；只要偵測不到心跳一陣子，警報器就會響起，護理師會進來調整胎音器的位置。

就這樣睡著後被吵醒，再睡著後又被吵醒，來回三次後，護理師決定先不裝胎音器。其實護理師不怕麻煩，而是想讓我跟我老婆能夠好好的休息，畢竟我們才第一天住院，身心都處於極度緊繃的狀態。終於，拆掉胎音器後，我們一覺睡到早上六點多。

十七

決定

二月二十一日清晨六點半，雖然很累但我已經睡不著了，我老婆也跟著醒來。

接下來的日子，無論是洗臉、刷牙、吃飯、上廁所，我老婆都必須在這張床上完成，而且必須全程躺著，只能稍微抬高頭的角度而已；因為子宮頸已經開指的關係，無論變換什麼動作，都要盡快回復成頭低腳高的姿勢。

我以最快的速度下樓將早餐買回來。醫院附近的餐飲選擇還蠻多的，但是我老婆的胃口極差，除了身體不舒服外，情緒也相當低落，進而影響胃口。

這樣的情況，看在眼裡非常心疼，所以也不敢逼她一定要將早餐吃完，我只能慢慢鼓勵她，為了小櫻，為了我們，一步一步努力加油吧。

電話聲響起，是我老闆打來的，我將狀況都跟他敘述了一遍。

一聽到隨時都有可能會生，我老闆非常驚訝，因為他知道我老婆才懷孕五個多月而已，比起老闆娘住院安胎還早了一個月。

我想他也實在說不出什麼安慰的話語吧，因為情況真的是太糟了，不過他還是鼓勵我，要我安心處理眼前的事，公司的一切都不必擔心。

過沒多久也收到同事的訊息，他幫我跑了今天的出差，工作的部分他也會幫我處理。

其實我們公司員工跟老闆，上上下下加起來也才九個人，每個人負責的工作都很雜，也都很忙，所以他們願意無條件幫我，真的非常感謝他們。

早上七點多，岳母已經從家裡趕過來了，從臉上的表情看得出她非常擔心。

我覺得當時的自己做得很不好，我一直抱著很消極的態度，來探望的人已經夠擔心了，還得費心來安慰我。

說實在，我真的很難過。我們努力了這麼久，好不容易成功懷孕了，現在卻又發生這種事情，小櫻可能隨時都會離我們而去。

還在談話的時候，住院醫師帶著小兒科醫師突然出現在我面前。

原來在醫院裡面，生產後的嬰兒屬於小兒科的管轄範圍，由於我們狀況特殊，所以特地請了小兒科醫師來跟我們做詳細的說明，

「目前這個週數生產的話，可能會發生的狀況有以下這些。」醫師拿了一張簡報給我，上面全部是早產兒會出現的併發症。

「因為肺部尚未成熟，所以會插管。」醫師一項一項地解釋。光是聽到插管，我已經難過到快崩潰了。

「通常在二十一週之前出生的話，我們會稱為流產，但在二十一週後出生，就算是早產，意義上有很大的不同。」

醫師說的這個，相當關鍵，我們正處於一個非常尷尬的時間點，二十二週又一天。當然，不管週數，醫院方面還是會全力的安胎。

我想，可能是因為在二十一週前出生的存活率極低，所以才會稱之為

流產。而有問題的寶寶，如果要接受引產的話，通常都是在二十二週以前就要執行，如果週數更多，連媽媽都會有生命危險。

接下來醫師跟我們討論到存活率的問題。

「二十二週的存活率是百分之十五，二十四週是百分之五十，但只要二十八週以上就有九成可以存活，只是期間都有相當高的機率會出現併發症。」之後護理師拿了一張切結書給我。

「這張切結書是要你們決定，萬一寶寶真的出生了，需不需要急救？「如果要急救，我們會將醫療機具及人員全部都先進場準備，寶寶一出生立刻實施急救；如果決定不急救，要順其自然，則不會插管，完全靠寶寶自主呼吸。」

其實院方都說得非常保守，選擇後者的話，寶寶幾乎不可能活得下去。

「曾經有一個案例，也是差不多二十幾週時早產，原先父母已經選擇不急救，但是聽到寶寶出生時哇哇哭的聲音，又於心不忍；過了五分鐘才告知護理師，他們改變主意想要急救，但已經太晚了。如果想留寶寶的話，一出生就必須馬上急救，一秒鐘都不能浪費，所以這份切結書，請你們深思熟慮後再決定。

「不過這份切結書，只要在寶寶出生之前，隨時都可以更改。」

醫師走出去之後，我跟我老婆互看了一陣子，突然之間，我再也忍不住地哭了出來。

「我無法想像小櫻全身插管的畫面……」

我老婆似乎被我突如其來的眼淚嚇到，但她只是默默流下眼淚，什麼話都說不出來。

「明明連名字都取好了，為什麼會這樣……」我真的很不甘心，一路以來辛苦了這麼久，好不容易懷孕了，而且也已經五個多月，我真的無法立即做出決定，甚至不敢面對現實。

岳母跟我們說了很多親友們發生的案例，但她還是尊重我們的意思。

這時候已經早上十點多，岳母看我好像很累的樣子，精神又很緊繃，要我先回家休息。由於也跟醫生打過照面了，所以就由岳母照顧我老婆，自己先回家一趟。

騎車回家的路上，淚水一直在眼眶裡打轉。

我努力不往壞的地方想，不斷地對自己精神喊話：一定能夠平安無事的，小櫻健康出生，發送彌月蛋糕跟大家分享我們生女兒的喜悅，長大後帶小櫻去日本的三麗鷗樂園玩，我還要計劃更多未來有關小櫻的事情，求老天不要現在就帶走她！我默默地祈禱著，希望一切都能平安。

回到家後，根本無法睡著。雖然又累又疲憊，但是一想到我老婆還在醫院躺著，整顆心就像被揪住一樣，完全無法放鬆，躺在床上掙扎了很久，最後還是決定回醫院去。

前往醫院的路上，我終於忍不住崩潰痛哭，眼淚模糊了視線，漸漸將口罩沾濕。我無法自己振作起來，處境實在太艱難了！想到我老婆還是很努力地忍耐著痛苦，要將小櫻留在肚子裡，心裡除了心疼還是心疼。

現在的我，好像除了哭泣，什麼事都幫不上忙，頓時無力感加劇，覺得自己很沒用，身邊的一切都無力守護，只能眼睜睜看著事件演變得越來越糟，越變越壞……

下午兩點多，我回到醫院，一進產房就問我老婆身體有沒有好一點？結果是令人失望的答案——沒有。雖然宮縮已經緩和許多，但還是有落紅，依然尚未脫離險境。

隔天是週六，我們在好久之前就已經約好要去台中玩，跟我們在蜜月時認識的兩對夫妻一起聚餐；他們都各自有了孩子，其中一對前陣子還剛生了三寶。對於這次的聚會大家都很期待，但是我們無法參加了。我在群組跟大家報告我們無法過去的原因，大家都非常驚訝，也感到難過與不捨，只是跟我們說了加油。

確實，發生了這種事，真的很難開口說出安慰的話，就算是我身邊的人發生這種事，我自己也不知道要說什麼吧。

原本還計畫回程時順道過去雲林找我大學同學，也取消了。

我同學的老婆同樣懷孕，當時已經九個多月了，聽到我們的消息後，他們也感到震驚，但同樣身為準爸爸的他，我想一定很能感同身受吧，除了安慰我會沒事之外，只能不斷鼓勵我。

雖然情況還不明朗，但是收到大家的鼓勵，讓我逐漸振作起來了。

十八

相信希望

護理師不斷地進來換點滴、打抗生素、餵口服藥，但是情況只有好一點點而已。慶幸的是，比起剛進醫院時，已經稍微穩定些，雖然陣痛跟落紅還是持續發生。

過了整整一天，我跟我老婆才冷靜了下來，慢慢接受了已經住院的事實，也開始做好長期抗戰的打算。

住院醫師有提到，有可能躺到生，但是……目前才二十二週，真的很難想像躺到四十週，會是什麼樣的光景，唯一可以確定的是，早產肯定是避免不了的，短期的目標就設為二十四週吧。

同時，我們依然要為各種突發狀況做好準備，包括得認真考慮最不想面對的問題：寶寶出生到底要不要急救？

事實上，這個週數出生的寶寶，有很高的機率發生併發症與後遺症，換句話說，能夠平安順利長大到週歲，一定是硬救起來，從死神手中搶回來的，而代價當然是高額的費用。小兒科醫師有提到，要考慮自身的經濟狀況。

其實醫師們在說話，都會說得很委婉，有時候，旁人一聽就知道醫師想表達什麼，但深陷其中的人，總是抱著那麼一絲絲希望，想說，醫師還沒把話說死，先不能放棄，因而做出許多令人不解的決定與舉動。

我們經過很深長的考慮，最後決定順其自然，如果能夠撐到二十四週之後，再改成需要急救。

其中最讓我痛苦的點，還是我不願意看到小櫻全身插著管子，無意識地被機器輸送氧氣。

我沒有身為人父的堅強，反而是逃避現實的懦弱。

雖然我一直覺得這個決定不是很好，但是身邊的人都不反對這個決定，只是覺得「啊，或許就只能這樣了」。誰都不願意相信，在我老婆肚子裡的寶寶，才二十二週就要面對這些問題，即使大家想舉些例子來勉勵我們，但幾乎沒看過這麼少週數的寶寶就面臨早產的危機，即使想說些什麼，最後還是把話吞回去了。

這天早晨，護理師依照醫師的指示，注射了肺泡。肺泡也就是肺部成熟針，為了使寶寶的肺部快點成熟，讓寶寶出生後，便能有功能完好的肺可以自主呼吸。

看著醫院的每個醫師跟護理師，這麼用心地照顧我老婆，想讓寶寶穩定下來，在我眼裡看來十分的感動。

是啊，現在還不是沮喪的時候，我應該要好好地振作起來，畢竟我們也為小櫻做了這麼多的準備，相信一定可以平安地出生。

小櫻是個很乖很乖的孩子，從懷孕到目前為止，也只有讓我老婆孕吐一次而已，身體也沒有太多不舒服的地方。

我老婆很愛逛街亂買東西，每當她想偷溜去逛街時，小櫻就會很溫柔地傳遞出一些訊息，要媽媽好好待在家裡休息。

每次去醫院的時候，也是表現得非常好，體重與頭圍都非常標準，也沒讓媽媽的體重增加太多。

來住院之前，表現得一點也不會讓父母擔心，簡直就是天使一樣的孩子。小櫻還沒出生就這麼討人喜歡，相信出生後，一定是個人見人愛的乖孩子。

晚上，換我媽來醫院。

看到自己媳婦躺在病床上，我看我媽也是相當不捨吧，畢竟她是準阿嬤，等待抱孫已經等很久了，感受一定比別人強烈。

不過，我媽也不敢把負面情緒帶給我們，一直鼓勵我們，要我們保持希望。

我媽提到，我們結婚安床時，有找一個屬龍的小朋友來滾床，那位小朋友也是早產，他的父母是結婚十年才生下這孩子，當時懷孕七個月就緊急生產，情況相當緊張，好在到最後也平安健康的長大了。此外，她又說了誰誰誰也是早產，到最後也是順利平安。

雖然大家總是正面的鼓勵我們，舉了不少奇蹟似的例子，但後來我才知道，因為早產的關係，寶寶就此面臨不幸的案例，其實非常非常多，只是當時大家選擇不說而已，畢竟報喜不報憂，而最接近真實的狀況，醫師已經悄悄地暗示過我們了。

這段期間，不少朋友想來醫院探視，但因為新冠肺炎的關係，陪病有人數的限制，而且待產房空間非常非常小，只好一一婉拒各方好友的關心。說實在，如果當時要跟每個探視的人解釋一遍全部的情況，一定相當痛苦，畢竟情緒還是一直處在不是很好的狀態，大家能夠體諒我們，也算是幫了一個大忙。

這天，一樣相當難熬，我老婆從來沒有躺過這麼久，吃飯洗澡上廁所，全部都是躺在床上完成，連坐起來都不行，必須盡量保持頭低腳高的狀態，才不會讓羊水膜持續往外掉。

我老婆的背部開始僵硬疼痛不舒服，最多就只能稍微側著身，對背部進行按摩，稍微舒緩一下不適。

夜晚，同樣是輾轉難眠，待產房內的胎音器滑脫，各個警報聲此起彼落，偶爾遇到半夜入院生產的夫妻，家屬吵雜聲又把我們吵醒，十分痛苦。

二月二十二日，星期六。

早晨，護理師持續換點滴、打抗生素、量血壓，值得開心的是，情況真的有越來越好，落紅跟陣痛都減緩許多。

我跟我老婆很開心，相信一定會越來越好。雖然不知道何時才能轉普通病房，不過我們知道，現在是往好的方向走，不會再繼續壞下去了。

早上約莫八、九點，主治醫師來看了情況，一樣維持不變，因為險境尚未脫離，所以安胎藥的劑量沒有增加，也沒有減少。

現在初步判研是細菌感染造成高位破水，至於如何感染，已經很難往前追究了。

目前最重要的是把狀態控制好，不要再惡化下去。

所以我們開始規劃之後的步調，平日，我還是要去上班，白天就由岳母跟我媽輪替照顧我老婆，我則是下班後，回家整理一下，晚上再來醫院，直到隔天早上再去上班。

因為我的工作量還算蠻大的，長時間不去上班真的會影響到客戶，因此只能拜託家人白天多幫忙照顧。

暫時就這麼決定了，先試一個禮拜，之後再看情況調整。

我老婆的工作方面，請超過一個月以上的長假是絕對無法避免的，所以工作只能暫時交接給同事分攤。

這樣的規劃，幸虧家人都很願意配合，反倒是怕我太累，勸我不要睡醫院，不過在我堅持之下，他們還是妥協了。

十九

臨水夫人

在待產區看著大家進進出出，我跟我老婆的心情很複雜，比我們晚來待產的人，都已經生產完，轉到普通病房去了。

別人來醫院，是希望能夠趕快生產，而我們則是希望寶寶不要這麼就快出來，努力地安胎。

到了二十二日的下午，我老婆的情況越來越好，一整天只有宮縮過一次，落紅也只剩下淡淡的粉紅色。

雖然知道不能開心得太早，但安心了許多，我們也算是撐過了最危險的時刻，相信之後會越來越穩定的。

經友人介紹，市區裡的一間廟很靈驗，叫做「臨水夫人」。

去拜拜，說不定會有幫助，但我沒去過，也不知道參拜流程，所以請我朋友隔天帶我過去。

總之，只要能夠讓小櫻平安，什麼方法我都願意去嘗試。

好景不常，這天的晚上，陣痛又開始了。

原以為已經度過最困難的時期，沒想到，根本沒有。

想到第一天住院醫師說過，情況非常不樂觀，自己才又突然意識到，要恢復至穩定的狀況，不會那麼簡單。

看著我老婆痛苦的表情，我心裡非常非常難過，為什麼受折磨的人不是我？想祈求上天，可以讓我代替我老婆承受這苦痛嗎？

坐在床邊看著她，眼淚又開始沒用地往下掉，連日情緒的起伏已經潰爛我的內心，我牽起她的手說：

「我們放棄好嗎？」

「……」我老婆沉默了一下，不說話。

「可以的，一切都會好起來。」

沒想到，反而是我被鼓勵了。

到這個時刻，我老婆還是願意忍耐苦痛，直到小櫻出生。

然而，這句話並沒有安慰到我，雖然我也希望小櫻平安，但我更不願意看著我老婆那麼痛苦，我恨自己什麼忙都幫不上，只會哭跟說些喪氣話。但或許是我心疼她的那份心情，無形中傳達給她，讓她又有更多的能量去面對這一切。

隔天，到了跟朋友約定的時間，心中突然覺得，是不是拜完後真的會好轉……說不定真的會好轉，一種使命感降臨在我身上。

內心滿懷著希望，又帶著些許遲疑，來到了「臨水夫人」。

這裡的人非常多，有許多挺著大肚子的孕婦前來祈求平安。

我後來才知道，「臨水夫人」這間廟，是祈求生產順利的。

經由友人的帶領，終於將廟全部走過一圈，完成參拜。事後朋友看我面色憔悴，要我回家好好休息，刮一下鬍子，不要讓自己看起來很頹廢的樣子。

回到家，一樣無法好好休息，總是掛心著還在醫院的老婆。

雖然醫院裡有家人幫忙照顧，家人也要我休息久一點再來醫院，但每次回到家沒過多久，又急著想趕回醫院，只要一離開醫院就變得很緊張，也開始害怕一個人獨處。

自從老婆住院後，這幾天，只要我一個人待著，就很容易胡思亂想，變得很愛哭。

其實我平時是一個不太會哭的人，我老婆則跟我相反，比較感性，但這一次，我哭得比我老婆還要多，我想，我老婆真的嚇到了，而我應該是累積了太多負面情緒，加上容易胡思亂想，才會一次爆發出來。

我不是一個堅強的人，我不知道該如何面對小櫻有可能留不住這件事。

如果我不堅強的話，可以不要讓這一切發生嗎？滿腦子出現一些不正面又無用的想法。

趕到醫院後，我老婆的情況並沒有好轉，又開始出現宮縮，落紅也越來越深。

絕望再次襲來，配合口服藥也沒有好轉，而且胎音器的位置一直跑走，一直往下掉。

這樣的情形一直持續到深夜十一點，情況更惡化，我老婆已經不舒服到了極點。

我們求助醫師，雖然有給藥，但也不見好轉。

最後，醫師決定照超音波看看。開指的情況沒有增加，一樣是三公分，寶寶看起來也都很正常，只是她的位置已經很接近子宮頸。

醫師說，安胎藥的劑量不能再增加了，因為我老婆本身的心跳就比較快，現在打的劑量已經不算低，若再調高，對母體不好。

醫師離開後約莫十分鐘，護理師跑來說，醫師決定再調高安胎藥劑量。設定好的點滴，進到身體後，我老婆覺得頭很暈，不舒服感還是在。

過了一小時，我們叫了護理師。

護理師知道我們真的很想把孩子留住，但是情況已經糟到不能再糟了。護理師開始對我們心理建設，告訴我老婆，也要為自己著想。

這位護理師人真的很好，跟我老婆說了很多，最後我老婆跟我說，她知道護理師想要傳達給我們的訊息——安胎藥的劑量真的打很高，我們也做了很多努力，但留不住的話，也不能強求，媽媽的身體也非常重要，我們應該看待母體比寶寶更重一些。

我老婆是一個很會忍耐的人，但她已經開口想叫醫師，就代表真的到達忍耐的極限了。

於是，我們又叫了醫師，距離上次醫師來才隔了一小時，一樣照了超音波，但是……寶寶的頭已經出來一半了。

「寶寶的頭已經出來一半，安不住了。」醫師用嚴肅的語氣緩緩地說。

「……」我跟我老婆都說不出話來。

「現在這個週數的寶寶生出來，頂多哭個一兩聲，然後就沒有然後了。」

「……」

我們真的跟小櫻無緣了。

雖然我一直在做最壞的打算，但真的發生了，我還是不知道該怎麼面對。

「安胎藥可以停掉，但是身體會比較有感覺。」

醫師只要一把藥停掉，身體沒有藥的控制，很快就會進入生產的陣痛期。

我沒有回答醫師要不要把藥停掉，當下真的一句話都說不出來。

醫師跟護理師交代了幾句後，默默地走掉了。

小櫻在肚子裡急著想出來，但我們一直用藥物控制，想把她強留住，其實是很衝突的。

跟身體本能的反應做出的抵抗，無論結果是好是壞，身體都得承受很劇烈的痛苦，即使我們願意忍耐，小櫻終究是留不住了。

半夜，胎音器的警報聲持續不斷，最後護理師索性把它取下，讓我們可以好好地休息。

廿

小櫻

二月二十四日早晨，我媽聽到消息後急忙趕到醫院，那個時候是早上七點，我老婆的疼痛加劇，醫師再度進來照超音波。

「寶寶已經出來到肩膀，看你們要不要上產台，應該用力一下就出來了。」我跟我老婆互看了一眼。

「好。」

說完後，護理師開始幫忙將病床移動到產房，而我跟我媽則是在外面等待。

我媽一直跟護理師說她也要進去看，護理師發給我們一人一套衣服跟鞋子，穿好後便靜靜地在外面等待。

等待期間，我媽好像跟我說了些什麼，我沒有印象，只記得我一直忍住不哭出來，但還是流下幾滴淚。

約莫過了二十分鐘，手術室的門打開了，護理師要我趕快進去，我媽則被護理師擋在外面，我回頭看我媽的時候，自動門正好關起來。

接下來護理師急忙帶我往前走，繞了幾個彎，終於進到產房。

我老婆躺在產台上，我握住她的手，大概才過了五秒鐘，醫師便用雙手將小櫻抱出來。小櫻沒有發出一點哭聲，可愛的小手緊握了一下，像是在跟我們打招呼一般。

「我看到小櫻了，她長得很像我。」

我老婆的表情由痛苦轉為驚訝，馬上紅了眼眶，哭了出來。

將小櫻放好後，醫師持續進行接下來的工作。

我一直緊握著老婆的手，同時望向保溫箱想看看小櫻，但是太遠了，看得不是很清楚。

一位護理師幫小櫻蓋了腳印在一張粉紅色的卡片上，那是多麼可愛的小腳印！我跟我老婆邊看邊覺得很感動，但是又心痛無比。過了十分鐘左右，終於告一段落。

「我們可以看寶寶嗎？」我跟護理師提出要求。

「好，請稍等一下。」護理師幫忙用包巾將小櫻包好，又量了一下心跳。

「現在還有心跳嗎？」

「有，還有很微弱的心跳。」

護理師小心翼翼地將小櫻交給我，這時候我已經顧不了旁人，哭到直抽搐。

「小櫻……你長得好可愛喔……小櫻……我是爸爸，你知道我是爸爸嗎？我好愛你喔……小櫻，對不起……」

小櫻這時候的五官已經很清楚了，長得非常可愛，是個天使，眉毛也跟我長得一模一樣。

我將小櫻抱給老婆，她難過得說不出任何話。

「你跟小櫻說些話吧。」

「小櫻……對不起。」我老婆說完後又哭了。

我好希望小櫻能夠張開眼，看看她的爸爸媽媽，如果可以用條件交換的話，即使拿我生命去交換也無所謂。

可是，小櫻終究無法張開雙眼，不只看不到這個世界，連親生父母也無法見到一眼，用即將逝去的微弱心跳在支撐著。

我抱住老婆，小櫻就在我們兩人懷中，這是我們三人第一次，也是最後一次擁抱。

我的心好痛，好痛，為什麼小櫻就要這樣離開我們？之前幻想著一家人開開心心地團聚，現在什麼都沒了，一切都結束了。

最後，護理師在我們的同意之下，放了佛經，陪伴她走最後一程，我跟我老婆也要回到一般病房了。

我們跟小櫻揮揮手說了再見。

手術室的門關閉後，我老婆終於忍不住崩潰痛哭。護理師說，沒關係，哭出來吧，這不是你們的錯。

出了產房後，我再度陪我媽進去看小櫻。

「寶寶，阿嬤來看你了。」我媽語帶哽咽地說。
「她長得跟你大姊好像喔。」聽我媽這麼一說，眼睛以上的神韻還真的有點像。
最後再跟護理師道謝，我跟我媽就出去了。
手術室門關閉的這一刻，小櫻是真的離開我們了，所有的幻想、編織的美夢，全部破碎，化為烏有，留下來的只有痛苦的記憶。我永遠都會記得，小櫻在我們懷中是多麼開心感動，又多麼難過悲傷。
回到待產室，等待轉普通病房期間，護理師跟我們交代後續事項，順便安排跟院方合作的葬儀社來跟我們談後續處理。
沒過多久，護理師又跑過來說，有沒有什麼東西要給寶寶的，可以幫我們放在寶寶旁邊。
因為我們幫小櫻準備好的東西幾乎都放在家裡沒帶來，身邊只有一個小兔子吊飾，我們就將小兔子拿給護理師，希望小兔子能陪小櫻，讓她在最後這一段路即使沒有爸媽陪伴也不孤單。

廿一

失去之後

隔壁的單人病房傳來嬰兒的陣陣哭聲，要是平常，我一定會覺得很煩躁，但此時，我跟我老婆靜靜地聽著嬰兒的哭聲，直到停止。好像連煩躁跟憤怒的資格都沒有，我們只是一對剛失去孩子的父母。

轉到單人病房後，空間寬敞許多，休息跟移動都非常方便，但是這對於我們的心情並沒有太大的幫助，我們依然處在悲痛的情緒裡。

我不知道問了幾次自己：

「為什麼會發生這種事？」

「如果當初這樣處理是不是會更好？」

這些假設都已經無法追溯，也問不出一個真正的答案。如果今天小櫻平安的話，以前做過的任何事都不會有問題；但如今，發生這種事後，再回頭看，就會開始懷疑我們做過的每件事是不是正確的、是不是傷害了肚子裡的寶寶。

但仔細想想，我們還是自認為沒有做過任何奇怪的事，甚至很多地方比別人還要小心。

有時候又會覺得，萬一真的找到問題所在，而且是我們自己造成的，我會不會原諒自己？我敢不敢要求小櫻原諒我們？

每當有這種想法的時候，便不敢再繼續思考。

所以這段期間，我們都處在非常痛苦的狀態，心裡一直有個聲音：「兇手會不會就是我們自己？」

轉到單人病房後，其實也是很忙碌的，除了要自理三餐外，還要幫我老婆訂月子餐、處理喪葬事宜，最重要的就是跟我老婆兩人互相安慰。

這段時間，我們幾乎都是哭著入睡，哭著起床，而令我們最害怕的就是聽到別人安慰的話語。

「加油，你們還年輕。」

「至少你們還能懷孕。」

「看開一點。」

事實上，這些安慰的話語，對我們來說更像是一次次的傷害。

雖然明白大家是為了我們好，但我們真的無法立即忘掉剛失去的寶寶，強迫自己忘掉一切，正面地向前看，這樣對我們來說實在太殘忍，也很不公平，畢竟，我們唯一可以用來紀念緬懷小櫻的，就只有痛苦和悲傷，為什麼連這點權利都要剝奪？

二月二十五號，是小櫻離開我們的第一天，我才發現小櫻好像沒穿衣服，就只有包巾而已。

於是我到醫院附近的醫療用品店，找小嬰兒的包屁衣。

進入到店裡後，我感到一陣害怕，害怕店員因為我買了小嬰兒的衣服而跟我聊天；我不想讓別人知道這件事，我不知道我會不會失態，我害怕面對我應該面對的場景。

幸好店員沒多問，我順利買到女生的衣服，出了店之後，我感到一陣心酸。

自從小櫻離開我們之後，心裡就像失去了一塊肉，我是一個失去孩子的父親，我把自己貼上了這樣的標籤；我甚至覺得自己像一名罪犯，有著永遠無法彌補的過去。

很多事情就像無所謂了一樣，過去的堅持也已經沒有了意義，我感到我的人生已經不完整了。

葬儀社來收取費用時，我將要給小櫻穿的衣服交給他，特別交代一定要處理好，而葬儀社的人員則是給了我一個要我放心的眼神，說會幫我們把衣服放在小櫻身上。

這幾天，我老婆的復原情況還不錯，妊娠高血壓也隨之降低，醫師說沒問題的話隨時都可以出院，於是當天下午我就到護理站詢問一些事項。

「請問我們明天幾點可以出院？」

「你們有要帶寶寶走嗎？」

「……」

「啊啊，明天中午前就可以出院了。」

護理師似乎想起我們的狀況而趕快轉移話題。

事實上，之後我也常常遇到這種無心的過問，說不放在心上是不可能的，每一次都讓我再度傷痛。雖然知道自己不能一輩子都處在這種悲傷的狀態，但我真的不知道，心裡的傷痛到底何時才能夠恢復。

廿二

命中注定

住院的最後一晚，我找出當時去問算命師結婚擇日的錄音檔，因為我依稀記得，算命師有跟我們講到子女的事情。

不聽還好，一聽，整個人嚇到雞皮疙瘩掉滿地。

「你們會有一對子女，一男一女。

「如果先生男的，再生女的就沒有問題。

「但如果是先生女的，可能會保不住……」

或許當時並沒有想到要生小孩的事，所以沒有放在心上，隨著時間過去也早已忘記這件事。後來回到家，翻出當初寫的命盤，的確算出我們第一胎是在今年。

如此的準確已經讓我們覺得不是巧合了。

或許真的是命中注定吧。

因為實在太神奇，事後，我還是去找了這位算命師，想再問更詳細的情況。

「今年是庚子年，在你的命盤裡面是不適合生子的。

「你的子女宮，生女兒會比較不利。

「你老婆這輩子可能會懷四至五胎，但至少會損一至二胎。」

聽完後，我很沮喪，因為我真的很喜歡女兒，但越是這樣想，就越捨不得小櫻，或許我們這輩子真的是無緣。

「那我們什麼時候能夠再有孩子？」

「今年最好不要，最好是明年懷，後年生。」

還要等好久……

雖然當下短期內不想要有孩子，但要再等兩年，真的有點無法接受。不過，再苦惱也沒有用，我們的命運可能就真的如此吧。

經過這件事後，我的想法改變很多，覺得或許我們不適合擁有孩子，是不是該放棄？我們還能夠接受失去孩子的衝擊嗎？隨著時間過去，開始不再抱有希望；不是在逃避，而是漸漸放下了。

如果求神拜佛有用的話，為什麼祂不願意救救我們的孩子？雖然知道自己要釋懷，但內心總有一個聲音：

「為什麼是我？」

我跟我老婆比任何人都愛自己的孩子，偏偏這種事要發生在我們身上。有些人想要孩子生不出來，有些人卻嫌棄小孩，不疼愛他們還家暴，上天如果公平的話，為什麼不讓我們交換命運？讓各自擁有自己想要的家庭？

「是不是我們太愛小櫻，被上天嫉妒了？」

我跟我老婆無時無刻都這樣認為，祂知道我們無法怪罪到祂身上，所以就這樣帶走了小櫻。如果這是上天給的考驗，我可以大聲地說，我真的輸了。

我經不起這樣的打擊，徹底被擊垮了。
這是我人生中發生過最痛苦且傷心的事！

廿三

逝去的愛

一份過度滿溢卻又給不出的愛，漸漸地在我內心深處潰爛，腐蝕我的心靈。愛得太深，卻被無情地反撲，我很慚愧。

直到小櫻離去之後我才知道自己有多愛她，或許真正讓我成為父親的時刻，不是小櫻的到來，而是小櫻離開了我。

現實生活不允許我永遠處於悲傷的情緒裡，我要工作、賺錢、照顧老婆，讓生活不至於就這麼垮下去。這個時候，我又開始假裝不是很難過的樣子，我發現這樣是完全錯誤的做法，這樣只是更壓抑自己。

所以那段期間我的情緒變得很不好，漸漸影響到家裡的人，直到有次我老婆大聲罵我，我才驚醒，我好像真的變得很糟糕。

我腦袋裡常常出現一些很壞的想法，雖然離真的去犯罪還有很長一段距離，但是罪惡的想法不斷出現在我腦海中，我覺得自己很噁心、變態，但又不知道怎樣阻止，好像有這些想法出現後，心情才會比較好一些。

還有，我變得很常去看一些跟我們相同經歷的父母寫下的紀錄，看著他們的故事，心靈才會得到些許安慰。

「這個世界上有很多跟我們一樣的人。」

我甚至想去找心理醫師，只是預約了卻沒去。

我覺得這種事還是得靠自己，我不打算讓自己在短期內走出來，也不想硬逼著自己走出來，隨著時間過去，傷口終會撫平，留下淡淡的疤痕，想哭的時候哭，想孩子的時候就看看過去的照片，這樣才是最好的。

出院這天，原本沒有太多情緒，但周遭的事物彷彿都在提醒著我們剛發生的事情。

整頓好行李、辦妥出院手續，正準備離開病房，病床旁的電話突然響了起來。

「您好，我們院方有為在這裡生產的人準備一份蛋糕，請問要幫你們送過去嗎？」

「……不用。」

「不需要蛋糕嗎？好的，謝謝您。」

我是個容易想很多的人，當下又陷入不好的情緒裡。

除了難過以外，我的腦袋已經塞不下更多東西。

我爸媽開車來載我們，踏出醫院大門，溫暖的陽光照在我們臉上，天氣之好，就像在迎接我們出院一般。但是我們一家人完全無法享受這麼好的天氣，就像沒資格一樣，兩手空空地離開了醫院，我們帶不走想要的，只留下滿滿痛苦悲傷的回憶。

由於我的車還放在醫院，所以我並沒有跟著坐車回去，但我也沒有馬上回家，而是先去了一趟我老婆的公司，辦理請假手續。

我老婆的同事都很關心她的情況，老闆也是。說明情況後，大家都露出很不捨的表情。

幾個同事約好要一起來我家探望我老婆，雖然我老婆原本表示想自己一個人，但我還是幫她約了，讓他們來家裡探望她。

如果永遠都是一個人獨自面對，再怎麼堅強總是會累垮的，有朋友的關心、家人的陪伴才能持續走下去，我想我這樣做應該是對的吧。

廿四

地藏王菩薩

在台灣的習俗裡，對於這種不算正式出生的孩子，不會舉行特別隆重的葬禮，一般只是用最簡單的方式處理。畢竟這種事也不常發生，所以也沒比較通俗的做法。

但是身為孩子父母親的我們，還是想讓小櫻好好地離開，投個好胎，所以出院當天下午就去處理這些事情。

我在一間小小的神壇找仙姑幫忙，順便問了一些有關小櫻的事情。

「這個孩子真的跟你們無緣。」仙姑這樣說。

「我知道你們盼了這個孩子很久，而且得來不易，但這個孩子太急著想投胎來到這個世上，所以走得也很快。

「這個孩子一點也沒有怪你們，因為她知道這不是你們的錯，要你們不要太傷心。」

沒想到，我們反而被小櫻安慰了。她真的是一個很乖的小孩，我跟我老婆聽到是這樣，反而更難過、更捨不得。

「你老婆帶子命，四個月後會再懷孕的。」仙姑很肯定地說。

「四個月？」我帶著疑問回答。

「對，四個月後會再懷孕。」

當下並沒有想太多，反正未來的日子我也不抱任何期望，同時也感到害怕，如果這麼快就懷孕，會不會對不起小櫻？我們是不是要表現得非常傷心才不會愧對小櫻？如果真的懷孕的話，代表小櫻已經原諒我們了嗎？

仙姑要我們去市區的一間廟拜地藏王菩薩，然後教我該怎麼說、需要準備什麼。

結束後，仙姑露出慈祥的笑容，像是要我看開一點，小櫻是很體貼的孩子，身為父母的我們想必是幸福的。

最後要離開的時候，仙姑說：「你們的孩子長得很可愛。」仙姑像是看透了一切。

事實上，來這裡跟仙姑聊完後，心情平復了不少，就好像跟小櫻對話過似的，彌補了心中的某些遺憾。

隔天一早，我來到仙姑指示的廟，先去旁邊的金紙店買了一套女孩衣跟鞋子。

進到廟後，感覺有種不可思議的氣場，四處瀰漫著香煙的味道，乾燥空氣，令耳朵感到有一些耳鳴。

隨後，廟方的工作人員就幫我安排誦文跟庫錢，還有鮮花。過程其實很簡單，將廟的神明依照順序拜過一次後，再將庫錢交給工作人員化掉即可。

「這樣你的女兒就算是圓滿了，所以今後盡量不要再提起她，或是過度傷心，否則會因為你們的不捨而無法好好投胎。」工作人員在我臨走前特別吩咐了這一段話。

我覺得我根本做不到，我沒有一刻是不想小櫻的。

諷刺的是，從事情發生後，我跟我老婆一次都沒有夢到小櫻。我想要一次也好，我們在現實生活中再也無法相見了，起碼在夢裡讓我再抱你一次。

可惜，就算我們再怎麼思念她，她依然沒有出現。

出院後的第一個假日，許多親戚朋友來我們家探視我老婆，大家都很有心，帶了許多雞精跟補品。雖然身體尚在復元中，看到這麼多人關心著，我們心裡很感動，但這麼多人同時也替我們感到傷心難過，心裡還是會覺得不好意思。

大家都知道我跟我老婆很開心有了這個孩子，最後我們卻搞砸了，頓時感到讓大家失望，除了對不起小櫻外，也對不起這些滿是期待的親戚朋友們。

我無法坦然地面對自己內心真正的感受，就好像之前自我欺騙一樣，必須安慰自己這一切並沒有什麼，很多人都發生過這樣的事，我沒有必要讓自己難過成這樣，日子還是得過，我只能努力地把生活回歸到未懷孕前的模式。

但是，對於孩子就這麼突然地沒了，那一陣子身心都非常難以調適，除了回到公司上班外，還要處理、面對一連串的問題，根本沒有療傷的時間，傷口就這樣被扒開著，時不時會有一些鹽灑進來。

每天情緒都處在崩潰的邊緣，我這麼樣地壓抑自己，只是讓自己更糟，並沒有讓自己往好的方向走去。

當時我並不知道這樣的做法是錯的，甚至還以為時間能沖淡一切，只要隨著時光流逝，久了，終究會淡去。

廿五

新的傷痛

我利用五天的產假，盡快將一些要處理的事情辦理妥當，也試著讓自己忙碌一點，看看能不能不會那麼悲傷。

由於之前的產檢方案有優惠，所以費用是一次繳清，但我們有兩項檢查還沒做，妊娠糖尿病篩檢與高層次超音波，所以我想申請退費。

我回到一直以來產檢的婦產科，這裡的人還是一樣多，但當看到護理師推著新生兒，或是挺著大肚子的孕婦，心裡總有一股莫名的酸澀。

我拿著我老婆的健保卡和小櫻的死產證明，跟櫃台說明退費的理由，櫃台人員一開始是驚訝的瞪大雙眼看著我，後來眼神轉為同情。

櫃台人員帶我去衛教室查詢以及跑一些流程，等待期間，他又追問了更多細節，我不帶感情地將過程一五一十說出來。

輪到我了，衛教室人員了解緣由後，拿著我帶來的收據，按著計算機說：「這樣我們只能用原價計算退費喔。」

我愣住了。我以為退費會以我們當初購買方案裡面，依沒做的項目用優惠百分比退還費用。

但他們的做法，是取消方案優惠，我們之前做的項目全部以原價計算，再把我們預繳的款項扣除已檢查的費用。所以，我原以為能拿到幾千塊的退費，最後只得到幾百塊。

在他們處理這件事的同時，我聽到衛教的護理人員帶有一絲不悅的抱怨：「我們這裡也是有急診的啊。」

那像是一把刀，無情地從我側身刺進來。

像是在責怪我，當初應該送來這裡急診，而不是去另外一間醫院。

我不明白，現在爭論這個有什麼用？即便送來這裡，你們能保證小櫻可以活下來嗎？越想越覺得心寒，越覺得害怕……

拿到退費後，櫃台人員好像想跟我說些什麼，但又沒說，只是用同情的眼神一直看著我。

我就這樣穿過好幾個來產檢的孕婦身旁，頭也不回地走出去，並在心中暗暗發誓，這是我最後一次來了。

或許，站在醫院的立場一點也沒錯，我本身也許誤解了方案的遊戲規則，但我在這整個過程感受不到一絲溫暖，自始至今從未接到院方的關心電話。發生這樣的事情又不是我願意的，但我們就這樣被當成罪人，感受真的很差，也很受傷。

因為這樣的身分，在這個社會上遭受排擠、不被重視，我感到很不可思議，也很難過。

說到底我們也算是受害者，不是一般的消費者，需要外界的溫暖、體諒，如果當初能夠給我們更多的溫暖與關懷，我想結果會很不一樣，或許我們會更快從傷痛之中走出來，而不是被越傷越深。

廿六

你不是真的離開我

從住院到出院，算上陪產假和二二八假期，一共休了十天才回到公司上班。

我告訴自己，回來上班後必須好好專心工作，但是我完全做不到，滿腦子都在胡思亂想，甚至還很丟臉地在上班時偷哭，就像關不緊的水龍頭一樣，眼眶一直是保持濕潤的狀態，一眨眼就能擠出眼淚。

這段時間以來，雖然總會在某些時刻，突然情緒湧現，覺得自己好像真的走出來了，不再感到悲傷，能夠好好地繼續往前走了。這樣的狀態有時可以維持一小時，有時只有五分鐘甚至三分鐘，然後又被突如其來的言語拉回原本的苦痛深淵裡。

我們辦公室會聽廣播電台，某次，專心在工作上時，電台剛好播放了一首歌：

「告訴我，你不是真的離開我……」

這句歌詞完全擊中我脆弱的內心，我強忍著眼淚直到中午外出，才到馬路旁崩潰痛哭。

我漸漸意識到根本不會好起來吧，覺得自己一輩子都得處在這種情緒裡，就算過了很長一段時間，甚至直到我死去，都走不出來。

越想要振作，就陷入越深，因為我的意識還有很大一部分仍停留在懷孕成功的喜悅裡，懷的是我最想要的女兒，並且終於可以幫她命名好幾年前就想好的名字，在這樣的狀態下，完全無法接受小櫻離去的事實。

我找不到正確的做法，無論是慢慢接受、強迫自己接受，或是逃避，任何方法似乎都對，也似乎都不對。

過了一段時間，我開始扭曲別人話裡的意思，明明是對我鼓勵、安慰，但我會覺得大家根本沒經歷過，無法體會我，而將那些話語看得不是那麼重要。

事情過了大概一個月左右，我的情緒變得很差，很容易憤怒，看不慣身邊的一切，但我還是停不下眼淚。

每天的情緒都不斷地在變化，我真的很累，也不喜歡這樣的自己。

雖然我跟我老婆是同一個孩子的父母，但是面對傷痛的做法卻完全不同。

每當我提起小櫻，我老婆會不太想討論，因為她認為那是一場意外，不想面對的意外，只想把這件往事放在心底，但我認為這樣對於情緒的復原是沒有任何幫助的。

我們同在一個屋簷下，卻各自用不同的方式面對同一件事情。

最後我提議乾脆把重心轉移到新家上，或許會好一點。於是我們開始聯絡廠商裝潢新家、挑選家具，這樣的效果很不錯，我們好像獲得了一些正能量。

期間，我看了三、四本書，都是在談論失去孩子的故事，我才發現到，原來我的憤怒悲傷、一些不好的想法，都是再正常不過的反應，所有失去孩子的父母，都經歷過這麼一段黑暗的日子。

我們開始能夠向前看，雖然只是稍微，但是這樣一點一點的復原，對於我們的未來有很大的幫助。我開始沒那麼容易憤怒，比較能控制自己的情緒，我老婆休息了一個月後，也回去上班，生活一步步回歸正軌，但是對於下一胎，完全不抱有任何奢望跟想法。

廿七

回到我們身邊

我們在小櫻離開的時候，送了一隻可愛的小兔子陪伴她，那是我老婆很久以前在網路上買的，由於限量的關係，很快搶購一空。後來我想要再買一隻留在我們身邊，但是怎麼找也找不到，每個網站都是零庫存狀態，我甚至找了國外的拍賣網站，也是一點消息都沒有。

某天，我老婆開心地跟我說，當初她購買的網站要開直播清庫存，用來打廣告的剛好就是那隻小兔子吊飾。

我們好開心，雖然小櫻不在我們身邊，但至少有一個象徵性的小兔子可以陪伴我們。

直播當天晚上，我們在開播前半小時就守在螢幕面前，就為了想趕快把小兔子帶回家。

直播開始了，商品一件一件的開售，就是不見那隻小兔子吊飾，等了一個多小時還是沒有。我覺得奇怪，私訊了賣家，沒想到賣家告訴我，不會賣這個商品。我的心瞬間涼了一半，感覺像是受騙了，那他們為何還要用那隻兔子吊飾來打廣告？我很生氣，卻又不能說什麼。

發生了這樣的事，委屈只能往肚裡吞，是我自己抱著太大的期望，才會覺得這麼受傷。

我覺得很可悲，這明明不是自己的錯，卻要自己安慰自己，逼自己不要那麼難過。

不過我還是沒有放棄，抱著一絲絲希望找尋著，即使市面上已經沒有庫存，但我還是相信小兔子能夠回到我們身邊。隨著日子一天一天過去，希望漸漸消逝，最後我只好拜託朋友幫忙找找。

跟我朋友說明後沒多久，他傳了一個拍賣網址給我。

「你說的是這個？」

「對，沒錯！」

就在一個我瀏覽過很多次的網站，突然上架了唯一一隻小兔子，那隻正是陪伴在小櫻身旁的小兔子。

沒想到朋友花不到半小時就幫我找到了，我連價格都沒有看，就直接下標，深怕慢了幾分鐘會被別人買走。我不知道這是不是也算一種緣分，就在已經沒有希望時，出現在我們面前，那種感覺真的很神奇。

不過我買到小兔子這件事，並沒有馬上告訴我老婆，打算給她來個驚喜。

過沒幾天，晚上十一點多準備睡覺的時候，超商發簡訊通知已經到貨，我神祕地告訴我老婆想出門取貨。

她覺得奇怪，都快半夜了還要出門取貨，難道不能等到隔天再去？我拋下一頭霧水的她馬上趕去取貨。

回到家後，馬上把包裹拿給我老婆，說是要送給她的。

我老婆本來還不抱任何期待，面無表情地拆著外箱，但看到熟悉的包裝紙後，驚訝地看著我。

「真的嗎？怎麼可能？」

打開包裝紙袋後，小兔子就乖乖地躺在裡面，我老婆的眼淚當場流出來。

雖然我們都知道那不是小櫻，但我們都感覺好像小櫻回來了，回到我們身邊了。

我慢慢地撫摸著它，心中有無限的感動。雖然仍有些失落，但是這樣就夠了，真的。

我那晚好像跟它說了許多話，真的把它當作小櫻，而小兔子沒有任何回應，只是靜靜地微笑著躺在那裡。我們拿了乾淨的毛巾當成枕頭跟被子，讓它睡在我們中間。

後來的日子裡，小兔子帶給我很大的力量，我們也時常帶小兔子出門，或是做些我們覺得有意義的事情。

它就是我們的小櫻，我們的女兒。

廿八

無聲的安慰

自從懷孕之後，新家的所有計畫都停擺，一直處於空屋未裝潢的狀態，原本預計小櫻出生後再慢慢整理，不過我打算現在就開始進行。

我跟我老婆這陣子全心全意投入裝潢的事宜，平日除了上班外，下班就是一起討論裝潢，假日則是外出挑選家飾或是尋找靈感。

效果很不錯，我們成功轉移了注意力，情緒上有了間接性的改善，雖然尚未完全脫離悲傷的陰霾，但是漸漸地不再感到那麼痛苦，至少不會每天都流淚了。

這個過程很緩慢，感覺就像新開了一扇窗，溫暖的陽光一點一點照進內心黑暗的角落，在心理上悄悄起了變化。

事實上，我跟我老婆對別人說的話還是相當敏感，總是會被一些無心的話語再度刺傷。

我們相當明白大家都是好意，要我們快點好起來。或許是已經麻痺，還是習慣了，漸漸地，我們對那些話語不再感到那麼痛苦。

然而，事實的真相是，我們開始明白，大家跟我們已經是處在不同世界的人了。我把自己跟旁人分得很開，只因為他們沒有經歷過我們的遭遇，所以那些安慰的話對於失去孩子的我們完全無法產生任何作用。

這麼想的同時，我也漸漸懷疑自己，到底我的情緒是走出來了？或只是掉入另一個更糟糕的漩渦裡？

我二姊有兩個非常可愛的小女孩，大約一個月會帶回娘家一次。以前每次看到她們都覺得非常療癒，身為舅舅跟舅媽的我們，也相當疼愛她們。

但後來情況不同，我們剛失去小櫻，心情還相當低落，孩子們可能還搞不清楚狀況，但或多或少也感覺到我們好像發生了什麼事。

那次她們回來，雖然心情不好，我還是跟平常一樣陪她們玩得很開心，只是，看到小孩子天真無邪的笑容，時不時會想起我們的小櫻。

我突然一把抱住了比較小的妹妹，抱得很緊，好似想從她身上獲得一些溫暖。小孩沒有掙扎也沒有說話，就是讓我抱著，靜靜地玩著手上的玩具。

過了好一會兒，我才慢慢鬆手。說也奇怪，之前妹妹看到我都還會有點害羞，但這次過後，她跟我特別好，也常常跑來找我玩。

我二姊身為兩個孩子的母親，我想她很明白我跟我老婆的痛苦，我們也感受到她相當心疼我們，但我二姊沒跟我多說什麼，只是靜靜地聽我說，陪我散步。或許是家人的關係，只要跟我二姊在一起，就有一股無形的力量溫暖我的內心，即使我還不能很自在地在家人面前做自己，但我二姊就像看透了我一般地了解我。

後來我也開始反省自己，是不是不要把大家都想得那麼壞，扭曲別人的意思。現在回頭看，我當時的心態，真的是黑暗又糟糕到一個不行。

那天，她們要回家時，妹妹因為一點點無關緊要的小事而鬧彆扭，當我看到她流下眼淚時，內心又沸騰起來。等她們回家後，我又躲起來偷哭。

這陣子，我只要看到小孩，心裡就特別有感觸，特別是小嬰兒，內心的反應更是劇烈。

當我們懷了小櫻時，就跟她產生了斷也斷不開的連結，即使到現在，還是覺得我們擁有一個不存在的孩子。

我把別人的小孩當作是小櫻的投射，我想抱她，我想聽她叫我爸爸，我想跟她做一些一般父母親能做的事……，但，眼前所有的孩子都不是我們的孩子，越是知道我不能對他們做什麼，心理的失落感就越大。

我有一群住在北部的朋友，是幾年前聽演唱會認識的，其中一位說要約吃飯，因為蠻久沒見面，便喬定時間，也找了其他人，約了一間拉麵店。

聚會很愉快，聊了很多我們共同喜愛的樂團。印象中，他問了我兩次最近在忙些什麼，我都說新家的事，完全沒有提到小櫻，畢竟報喜不報憂，朋友難得見面，不想把負面情緒帶給他們，但我感覺到他好像有什麼話想說又說不出口。

飯局結束後，我因為下午還有事所以先走了，他們則是進行接下來的行程。

回去後，我什麼也沒多想，開始忙家裡的事。到了晚上，我朋友又跟我用通訊軟體聊了他之後的行程。

「其實，我有聽說那件事，想說要幫你加油打氣。」

此時，我才恍然大悟，原來他當時欲言又止，可能是想說這件事情。我跟這位朋友事實上沒有很熟，只見過幾次面，但他為了幫我加油，特地跑這麼遠一趟，只是為了陪我吃一頓飯。

然而，沒有刻意去提到這件事，這樣無聲的安慰，強而有力，我真的很感動，也很感謝他，沒想到還有這樣的朋友，默默地在背後支持我們，替我們加油。

雖然只是輕輕的一句加油，小小的舉動，但改變了我最多的，卻是這件事。

當我只肯窩在黑暗的角落，深陷在自我的世界時，旁邊有很多人都想拉我們一把。即便大家都不知道該如何說出口，或者選擇他們認為對的方式來幫助我們，但無論如何，大家都沒錯，我不應該把認知上的不同，當作是在傷害我們。

在這之後，我才慢慢抬起腳步往前走，這是我第一次感到，如果不做些改變，我將永遠會是這副狼狽的德性。

廿九

入厝

新家經過我們一步步設計與裝潢後，終於逐漸成形，我跟我老婆最終把入厝的日期選定在六月二十五日。

六月二十五日，對我們來說是相當有意義的一天——這一天是我們的交往紀念日，我們每年都會在這一天慶祝一下，即使是非假日也會一起去吃個飯。而且這天剛好是今年端午連假的第一天，後續總共有四天連假，有很充裕的時間招待想來我們新家的親朋好友。

而最重要的是，這一天，是小櫻的預產期。

懷孕成功、得知預產期是這天的時候，我們相信這一定是上天給我們的禮物，這個孩子選擇在爸爸媽媽生命中最重要的日子來到，小櫻真的是個很貼心的孩子。

在我跟我老婆最低落的時刻，帶來這麼多好消息，我們在有緣與無緣之間，就像是命中注定一樣。其實上天早就把一切都安排好了，我想或許這就是所謂最美的安排吧。

到了入厝的前一個月，每週都抓緊剩餘的時間做最後裝修，也開始整理要搬到新家的家當行李。工作上也逐漸忙碌了起來，但在我們心中，每天都有留一段時間是來思念小櫻的；即使新家不大，我們也替她留一個位置。這個家，在某個意義上也算是小櫻帶來給我們的。

到了入厝當天，我們帶著大大小小的行李，準備住進這個期待已久的新家，就在這個具有特別意義的日子，我跟我老婆一人一手牽著象徵著小櫻的小兔子娃娃跨進新家的門，今後，我們三人就要一起在這裡展開新生活了。

安床儀式過後，我們將小兔子娃娃放在我跟我老婆的枕頭之間，讓她就這樣靜靜地躺在那裡，像是小櫻待在原本她應該要待的位置。

我知道我做的一切都只是在安慰自己，但還是覺得有點不甘心。

接下來的連假四天，很多親朋好友前來祝賀，大家都對我們夫妻很好，送了很多賀禮跟家具，雖然招待親友們很累，但也讓我暫時忘記悲傷。

那陣子的重心幾乎都放在新家上面，每天都忙得不可開交。住了一陣子之後，終於漸漸適應新家的環境。

自己搬出來後也有了很多新的體會，雖然凡事都得自己來，但我跟我老婆還挺樂在其中的。新的生活和新的壓力，改變了我們兩人不少，唯一不變的，就是對於擁有自己孩子的期待與嚮往。

卅

接受

搬入新家一個月後的某天，我老婆有點不舒服，所以去婦產科檢查。

我老婆之前有經期不順的問題，生完後好像有短暫好轉的跡象，但這樣的狀態並沒有維持太久。

為了保險起見，還有各種考量，我們決定回去找一開始讓我老婆成功懷孕的醫師看診。

除了來看診外，我們還跟醫師一起討論上一胎早產的問題，所以將過去發生的來龍去脈都跟醫師說了一遍。

「下一胎要綁起來。」醫師很快地說出這句。

「啊？」

「下次懷孕十四到十六週時，要做子宮頸環紮手術。

「因為無法確定是先開指再破水，還是破水後才開指，以防萬一，還是要先做環紮手術。」

其實醫師說得很對，我跟我老婆後來發現當時的狀況，真的跟子宮頸閉鎖不全會發生的跡象相同。開指、羊水膜跑出來、破水感染，然而子宮頸閉鎖不全這個症狀，在第一胎前要察覺本來就不容易，要發現的話，通常都要付出賠掉一胎的代價。

所以經過醫師、仙姑、算命師說的話，我才打從心底真真正正的接受我們必須失去這個孩子的事實。

「你們現在有打算懷孕嗎？」醫師突然發問。

我停頓沒有回答，約莫過了兩秒鐘後……

「好。」我老婆的回答很明確，雖然停頓了一下子才說出口，但那語氣又好像很急的樣子。

「但是排卵藥必須月經後五天吃才有效果，這次有點來不及了，下次再開排卵藥給你吃。」

然後又談論了一下，最後醫師突然又說：「好吧，沒關係，我這次一樣開給你吃，你們時間到了之後過來照卵泡。」

出了醫院後，我不發一語，心情很不好的樣子，我老婆滿是疑惑地問我怎麼了。

其實我當時的心情很差，不是因為我接受了必須殞落一胎這個事實，而是下一胎，我老婆還必須動手術，雖然醫師說這個只是小手術，但我還是很心疼我老婆。

為了懷孕，我老婆已經很累了，懷孕後還要獨自承受這麼多辛苦，我很難過，幾乎都快落下眼淚。

我覺得這個世界真的很不公平，而且不公平的事情太多了。

我們為了懷孕做了這麼多、吃了這麼多的藥，都是我老婆獨自在承受，即使懷孕之後，那些孕期間的不舒服症狀，或是為了安胎動手術、吃更多的藥，仍然是我老婆自己承受，而我只能站在旁邊，什麼忙都幫不上，一丁點痛苦也無法替她分擔。

但我老婆很勇敢，她說沒關係，就只是個手術而已。

即使被這麼鼓勵了，我還是很難受，為什麼受苦的不是我。再次發現自己的沒用後，無力感頓時被加得更重。

卌一

淡淡的希望

看完診，為了把握時間，連醫院都還沒踏出，就先吃了排卵藥。

但說實在，我的心裡還沒完全準備好接受下一個孩子。小櫻離開不到半年，我們就急著要懷下個孩子，這麼做是不是代表我們不愛小櫻？爸爸媽媽是不是要放棄你去迎接下個孩子？

我的世界全部是小櫻，我不想向前走，我還想沉浸在這樣的氛圍久一點，但是我又很期待新的孩子的到來，所以內心的矛盾彼此衝突得很厲害。我越來越不知道我要的是什麼。我很明白小櫻不在我們身邊了，所以我是一邊帶著遺憾，一邊繼續為了下一胎做準備。

在這期間，我對於小櫻的思念與痛苦，都變成了懷疑與忍耐。

八月一日，我們回到婦產科照卵泡，發現一顆一點六公分的卵泡，非常有機會排出，醫師開了破卵針給我老婆，要我們隔天在家裡自己打，但是我們都不敢，所以只好隔天再回醫院請護理師幫忙打針。

之後就是照著醫師預定的時間做功課。

接下來的等待非常難熬，精子有沒有順利找到卵子？它們是否還在肚子裡面找尋著床位置？有沒有順利著床？

每天都會胡思亂想各種情況，終於在八月十二日忍不住先用驗孕棒檢查了。

結果沒有，原本該出現第二條線的地方，乾淨得像白紙一樣。晚上又驗了一次，還是沒有；隔天八月十三日再驗一遍，依舊沒有。

或許是我們太早檢查，應該再等個幾天。然而就在心裡已經做好準備，要再次被等待折磨的時候，沒想到竟然奇蹟降臨了。

這天晚上我做了一個夢，我坐在床邊地板上，抱著一個小寶寶，小寶寶是個女孩，很安靜地躺在我懷裡，我老婆則是趴在床上看著我們。我們維持著這個姿勢，誰也沒說一句話，就這樣安安靜靜地待著。

八月十四日，我老婆偷偷背著我又驗了一次，然後，突然從廁所跑出來抱住我，大叫了一聲：出現了，淡淡的第二條線！

我接過驗孕棒看了好久，才看到真的有很淡的第二條線。我們成功了嗎？我們真的有了嗎？

我告訴我老婆，會不會是吃黃體素的關係，才有第二條線？而且這第二條線相當不明顯，先不要抱太大期望，我老婆也點頭同意，畢竟我們之前經歷過這麼不好的事，這次就抱著平常心，一切隨緣。

事實上我的內心相當複雜，一方面是非常激動，我們終於又懷孕了，真的非常開心，終於又有寶寶願意選擇當我們的孩子。

就好像終於找回曾經失去的東西那般的喜悅，但是我不敢表現得很開心，我怕之前發生的事又重蹈覆轍。擔心大過於期待，不知不覺心裡又開始盤算起最壞的打算。

我很討厭自己這種很容易想太多的個性，而且我只是想要個孩子，為什麼這些不好的想法跟擔心，會一直灌進我腦子裡？我好像沒有辦法像別人一樣開心的期待孩子的到來，必須煩惱的比別人還要多得更多。

過了一天，內心不知為何起了許多變化，心裡有某個聲音告訴我，這個孩子一定會到來，我又要當爸爸了！

內心這股聲音轉化成一個強大的力量，擴散在我腦海裡每個角落，正能量也跟著回來了。

我開心地跑去跟我老婆說，我很確定這個孩子會到來，而且還會是個女孩。雖然還沒去醫院檢查，就連是不是真的懷孕成功也還不確定，但我很清楚地知道，這一胎一定會是個女孩。

八月十七日，我們回到醫院檢查，驗孕棒果然也是出現第二條線，但依舊沒有非常明顯，一樣只是淡淡的第二條線。

護理師拿了一張小卡給我們，上面寫著懷孕禁忌的飲食，以及其他的注意事項。

這張卡片雖然以前拿過一次，但親手從護理師的手中再拿到一次，意義更是不同，感觸也特別不一樣，多了更多的感激，也多了更多的擔心。

醫師也開心地跟我們說恭喜，這下我們更加確定，我們真的再一次擁有自己的孩子了。

我老婆告訴醫師，這次懷孕的感覺跟上一胎不太一樣，食欲很好，也沒有任何不舒服的感覺。

醫師只是笑了說，趁食欲好的時候多吃一點，接下來的日子有得你受了。

當下雖然還是把這份擔心放在心上，但是因為確定懷孕，很開心，就把這份擔心看得越來越淡，淡得就像驗孕棒的第二條線。

卅二

兩等份的愛

我們決定把這個消息告訴小櫻，小櫻是我們第一個告知的人，就在確定懷孕的當天晚上。

「小櫻，你要當姊姊了，媽媽的肚子又懷上寶寶了喔，你要好好照顧寶寶，因為小櫻是最棒的。」

「小櫻，爸爸答應你，我們不會因為有了這個寶寶就不愛你了，我們對你的愛不會多一分也不會少一分，你們兩個孩子永遠會是爸爸媽媽的最愛。」

說出這句話後，我好像也不怎麼擔心小櫻會怎麼想，小櫻是個很體貼的孩子，她一定了解我們的感受，而且小櫻一定會像我們愛她一樣，愛護著肚子裡的寶寶。

這一瞬間，是自從小櫻離開後，第一次覺得自己已經徹底從痛苦的深淵解放出來。我很幸福，我有兩個深愛的孩子，孩子也會在不久的將來，跟著我們一起生活、成長。

醫師說可能是晚排卵的關係，胚胎小了一週；由於胚胎太小，超音波還照不到，無法看到心跳和著床位置，所以預約了下週再次回診檢查。

等待回診的這段期間，我們非常小心，家事跟雜事全部都是由我來做，為了讓我老婆獲得最充分的休息；但我還是有給她一些簡易的勞動，避免身體一下子有太大的變化。

事實上，我一點也不覺得辛苦，反而很樂在其中，這段期間我們完全沉浸於懷孕的喜悅裡，揮別了以往的壞心情。

我將之前收好的嬰兒用品從老家搬過來，還特地整理了兩個櫃子準備放未來寶寶的東西。

我真的好開心，好開心，這個世界又讓我覺得美好起來了，連窗外的鳥叫聲都覺得可愛，一邊抱持著這份好心情，一邊為未來做準備。

推估了一下寶寶的預產期，大約是明年的四、五月，是個金牛座的寶寶，又剛好逢牛年，所以是個屬牛的金牛寶寶。

我們很快地將這個消息告訴了家人，家人們也很替我們開心。不過我們也特別告訴家人，先不要把懷孕的消息張揚出去，而我們自己也是連朋友都沒講，保密到家。

我們這一胎準備得特別小心，就連一些平常不會有人注意到，或是自古以來的禁忌，都做好做滿，每個細節都不放過，我想這一次肯定沒問題了。

唯一讓我們比較擔心的是，我老婆一直覺得這一胎很沒有懷孕的感覺，身體沒有太大的變化，有點奇怪；上一胎的這個時候，感覺就很明顯，不舒服跟食欲不振，以及其他懷孕前期的特徵都有。

後來我們也沒有多想，多注意一些就是了。

其實，也有可能是我們真的不敢去想，到底又會發生什麼事。我們已經無法再接受發生不幸，心裡對於各種負面的想法、害怕已達到恐懼的境界，所以我們盡可能只往好的方面去想，只不過心裡還是有一些疙瘩在。

卅三

再一次的失望

時間來到八月二十六日，我們帶著開心期待，又有點擔心的心情來到醫院，一如既往地在醫院等了很久才輪到我們看診。

「這一個小點應該是胚胎，著床位置在子宮裡面，不過還很小，不能夠完全確定。兩週後再來照心跳，順利的話就可以領媽媽手冊了。」

或許我們之前的擔心真的是多餘的吧，目前為止看起來都很順利，我想之後一定也能順順利利的將寶寶生出來。

我又要當回爸爸了，我要重拾當爸爸的心情，為即將到來的寶寶做準備。

這段期間裡，我也跟我媽討論之後會暫時搬回去住，好讓她可以幫忙照顧小孩。當然，這也是我媽最樂意的。

月子中心我們也找了兩家，有一間已經預約時間可以去看了，另一間，則是要等到媽媽手冊到手後才能看。

我們大家都做了好多好多的準備，都認為這個孩子一定會到來。

正當大家開心期待的時候，沒有想到這樣的事情，竟然再次發生了。

八月二十七日，也就是產檢隔天，大約晚上六點，我老婆打電話過來，當時我還在公司加班，電話另一頭傳來緊張的聲音……

「你在哪，要下班了嗎？」

「還在加班，可能七點才會下班。」

「我流血了……而且是鮮血，不是咖啡色的，怎麼辦……」

「……」我當場傻住了，一顆巨石重擊我的心臟。

「你快回來好不好……快回來。」

「好好好，我馬上下班，我回家換車載你去看醫生。」

不要，拜託不要，為什麼不好的事情又發生了？明明昨天才產檢過，沒什麼大問題才對啊！

那天飄著小雨，我只有穿雨衣，雨褲都沒穿就趕回家了。

我先回老家換車子，再開去新家接我老婆，我老婆很緊張又擔心，但我當下又說不出什麼安慰的話，只想趕緊帶到醫院。

晚上六點多正值塞車的巔峰期，又遇到下雨，更多人選擇開車上下班。我不顧一切的在車陣中穿梭，雨刷來不及把雨撥開，前車的後燈映射在擋風玻璃上，全是紅通通的一片。

就在一個十字路口，綠燈剛變黃燈，我前方還有兩台車，我想說應該還可以壓線在黃燈，或是變紅燈的那瞬間衝過這個路口，但最內側車道的一輛車，竟忽然打方向燈想連跨兩道右轉，直接切進我前方那台車的前面。

眼看就要紅燈了，原本外側車道正在直行的車輛也被他嚇到，導致兩方緊急煞車，而那台想右轉的車，就這麼打橫停在路口。

紅燈一亮，另一側的車立刻塞滿整個路口，無情地切斷我們前往醫院的路。

我簡直氣壞了，我沒這麼生氣過，不知道按了多久喇叭，手猛打方向盤，大聲咒罵。

我老婆被我這個舉動嚇到，一直要我不要這樣。我很快地恢復冷靜，但心裡還是很生氣，難道那台車不知道，他的搶快違規右轉，會害死多少人命嗎？

我又徹底絕望了，感覺到我們的寶寶正一點一點地離開我們。

我不要，我不想再失去你，沒有你的未來我真的活不下去了！寶寶，不要離開爸爸媽媽好嗎？

原本應該二十分鐘就能到醫院，我們花了整整一倍的時間才到。

我們平常看的醫師今天沒有排門診，只好找別的婦產科醫師。

我老婆跟護理師說狀況很緊急，護理師馬上幫忙安插在後兩號，這時候我停好車從外面跑進來，剛好輪到我們看診。

醫師一看到流出的是鮮血就感覺不太妙，但也無法做更進一步的處理，只能打安胎針、開安胎藥。

「胚胎比昨天還大零點一多，如果胚胎還有繼續再長大的話就沒什麼問題。」醫師用安慰的語氣跟我們這麼說。

所以我們只能抱著忐忑的心情回家，努力地往好的方向想，拚命抓住那一絲絲希望，祈禱能夠一切順利。

到家之後可能是藥效發揮了作用，不再流血，但到了晚上十一點，又開始出血。

我們的心一點一點地破碎，希望越來越渺茫了。我們都知道這意味著什麼，但彼此都不敢說出口。

隔天是星期五，我老婆請了一天假在家休養，現在能做的只有平躺少動多休息。我則是照常去公司上班，到了中午，我非常擔心，雖然有手機可以聯絡，但我還是想回家看我老婆。

中午買了便當跟魚湯回家，一開門，我老婆雖然乖乖地躺在沙發上，但是狀況似乎沒什麼進步。

「還是一直在出血……」

我只能無力地安慰我老婆，並且掛明天的門診。

陪著我老婆到午休時間結束，我就回去上班了，但是一直無法專心，滿腦子都是這件事。

我好累！為什麼我們要一直遇到這些事情？懷孕就這麼難嗎？大家都可以順利的把寶寶生出來，為什麼我們就不行？我自認為這一胎我把所有的細節都做得非常好，沒有理由會失敗才對啊！

卅四

來不及說再見

晚上回到家，一開口就趕緊問情況，我老婆只是搖頭，我的心又揪了一下。我不知道自己還能承受這種失落感幾次。

到了睡前，我對著我老婆的肚子輕輕說：加油，寶寶，爸爸媽媽真的好愛你，我們一點都不想失去你，你對我們真的好重要。你的小衣服小鞋子，爸爸媽媽都替你準備好了，留下來好嗎？

八月二十九日一早，我們帶著持續出血的身體，沒有任何期望地前往醫院。

我們的醫師要看非常多位產婦，護理師得知我們狀況很差，也只能盡量幫我們安插快點看到醫師。

候診區有一個很大的半圓形沙發，我讓我老婆半躺在沙發上。

不知道過了多久，護理師請我們先進去診療室等待，並先跟我們詢問狀況。

「你們不是週三才來過嗎？」

「因為隔天就出血了，雖然有過來打安胎針，但還是一直出血。」

「這樣子啊……我看一下。」護理師翻著上次記錄的資料看。

「你們的胚胎看起來有點小哦。」

「那是因為晚排卵的關係！」我不知為何大聲地反駁。

「哦……也對啦，晚排卵胚胎會小一點。」

說出那句話，我自己也有點驚訝與後悔。

我知道我的內心還是抱有期望，不想接受任何會令人失望的消息，所以在護理師說明的時候，我的內心告訴我，那是錯的，我們只是因為晚排卵的關係，所以胚胎才會比起現在週數應有的尺寸還小了一些，我們的寶寶是正常的，請你不要再這麼說他……

又過了許久，醫師終於過來幫我們看診。

「不見了。」醫師用超音波照了一陣子，還是不見胚胎的蹤影。

我跟我老婆的心涼了一半。

「換用陰道超音波照照看。」醫師說完後，馬上起身前往另一個診間。

我老婆慢慢移動到另一個診間，這一次我只能在外面等待。那扇門很薄，裡面發生什麼事，外面聽得一清二楚。

突然，護理師跑出去說要拿紗布。

我又聽到裡面有類似手術鉗落在鐵盤上的聲音。我知道一切都結束了。

折騰了一陣子，醫師終於出來了，但是一句話都沒有說，只是敲著鍵盤打資料。

「狀況是……？」我小心翼翼地問。

「流掉了。」醫師一如往常地快速回覆問題。

「胚胎已經掉在子宮頸口了，但我們會切一點組織去檢驗，看那個是不是胚胎。」

我老婆面無表情地走出來，我們一起聽醫師講解。

最後，我問了一句為什麼會這樣？醫師沉思了一會兒。

「可能這次運氣比較差吧，下一次再加油。」醫師就如罐頭訊息般地回覆我。

我頓時覺得自己問的問題很蠢。或許我想問的是，為什麼這樣的事情會發生在我們身上？真的只是運氣差嗎？

回家的路上，我們沒說什麼話，好像老早就知道，並且已接受這樣的事實。

因為我老婆小產，還是需要坐月子，依照勞基法可以休息一個禮拜。我老婆說想回娘家住，我們車子開回家後，簡單收拾行李，就往娘家的方向出發了。

晚上，只剩我一人在家，整理家裡時發現還有很多上一胎沒吃完的雞精和補品，還有一些已經在床上擺放好的娃娃，跟特地整理出來的嬰兒用品，我把這些全部收放回櫃子裡。

睡前，我才跟小櫻說了這件事情。

「小櫻，媽媽肚子裡面的寶寶沒了。

「我真的好難過，小櫻跟寶寶，你們怎麼忍心離開我？我真的好寂寞……」

空蕩的房間，只剩下一個一年內失去兩個孩子的男人，還有一個永遠也不會說話的小兔子娃娃，孤獨與無助侵蝕了房間每個角落，我就這樣失聲痛哭一整晚。

卅五

走不到終點

回顧我們從結婚到現在，一直都在為了能夠懷孕而做很多努力，好不容易懷孕了卻沒能保住，過一陣子再繼續努力，還是一樣的結果。

我們一直在同一條路迂迴卻沒能更進一步的向前，就好像走不到終點，但又回不到原地。我也曾經想過不要再生了，但是我做不到，我好需要一個孩子來讓我愛，所以我後來覺得，急著想要第二胎，可能只是想撫平內心對小櫻的痛吧。

第二次的失去，我很快就振作了，但是內心起了非常大的變化，我變得不敢想太多，未來的事情我完全不會再去想像或規劃，我也變得不敢再去想要擁有小孩這件事，總覺得我的愛已經用盡了，我無法產生更多愛來期待下個孩子。

也許我只是怕再次受到傷害才會這樣子，然而我也無法讓自己覺得無所謂，只能一半假裝在乎，另一半放縱內心混亂的思緒，讓自己往更自我封閉與孤獨的方向走去。

事實上，第二胎的事情很少人知道，除了家人跟兩三個朋友。沒人問的話就當作沒這回事，因為我們大概知道，這件消息讓別人知道了會是什麼樣的情形。

我們也曾經透露給幾個朋友知道，每個人都把嘴張得大大的，無法置信也說不出任何話。

大家都知道，安慰的話第一次說可能還有用，同樣的話，說第二次，已經產生不了任何作用了。

現實的遭遇逼得我得更加成熟，我好像又更清楚哪些事是對的，哪些事是做了，只能安慰自我的幼稚行為。

過了一陣子回診，醫師拿出檢驗報告，證實上次拿去採檢的檢體真的是胚胎。

「你們還想再懷孕嗎？」

「是的。」我老婆回答這句的時候，我感覺到很沉重的疲憊。

「今年不想要了。」我接著回答。

「休息三個月後可以繼續嘗試，到年底剛好滿三個月。」醫師這樣回答。

「明年過年後再說吧。」我老婆也跟我抱持同樣的想法。

「沒關係，你們決定好就好。」

然後，我們就這樣停止更進一步的計畫，等時間到了之後再慢慢開始備孕。

這段期間聽到別人懷孕的消息，心裡雖然已經麻痹，但還是會痛，而且痛得很累。不過我也漸漸不再問自己或老天為什麼，我覺得我就是這樣的人，這就是我們的命運。

人類很聰明，很懂得保護自己，面臨災難時會做出各種防衛的反應，我應該是害怕自己又受到傷害，所以內心選擇不再期待，以防自己又傷心過度。

但，我更覺得是我內心的熱情已經燃燒殆盡，我好像已經不知道為什麼會這麼想要孩子。

這三年來我們到底是為了什麼而努力著、期待著、傷心著、痛苦著？仍然有許多問題等待我們去解決，但我已經失去找尋答案的動力，放任自己就像個爛人一樣。

卌六

刺青

失去第二胎兩個月後的某一天，我看到了一句話：

「刺青是唯一在死去後自己能帶走的東西。」

我要去刺青。

我馬上打開臉書，選了一間看起來喜歡的刺青店，就預約面談討論。從有刺青的想法、找店家、預約，只花了不到一小時，這件事情算是我人生中決定最快又最重大的事情。

從以前到現在，任何事情我都要考慮很久，而且還會想很多。刺青這件事，我後來想想，自己好像決定得太快。但我沒有後悔，也沒有為自己做太快的決定而感到害怕，反正已經無所謂了，既然我無法再失去更多，那就緊緊地擁抱過去那些回憶。

我決定刺一個「櫻」字在身上。

原本決定刺在手腕上，但刺青師說那個地方很快就暈掉了。後來我決定刺在手臂內側，並且在櫻的旁邊再上一朵櫻花。

我們談論得很快也很愉快，付了訂金、準備要簽切結書的時候，刺青師問我：「這個字，是你女友的名字嗎？基於我們的經驗與道德，男女朋友的名字我們都會勸，因為有極大的可能會後悔。」

「這是我女兒的名字。」

刺青師眼睛一瞪，好像被我說的話嚇到了，後來我將我的故事簡單說明。

「是這樣子啊，好，我知道了。」說完後，刺青師給了我一抹溫暖的微笑。

接下來，就是等待刺青師將圖案設計好，核對過後就可以約時間刺了。

過了幾天，圖終於設計好了，我們討論後又修改了一下，就決定這張要刺在我身上一輩子的東西了。

刺青當天，我找我老婆陪我一起去。挑完顏料、轉印完成後，我躺在刺青台上有點緊張，只能一直跟自己說要放開一點。

幸好我老婆有來陪我，讓我心裡平靜一些。

一開始，是還可以忍受的程度，但最後打霧及上紅色顏料的時，一度讓我痛到快受不了，硬是咬牙撐過最後這一段。

完成了，一個漂亮的櫻字，以及櫻花。

我最喜歡的是，刺青師幫我設計一片花瓣掉落，即使它再美，還是注定要凋零一般地飄走。

回家路上，我想著過去到現在發生的種種，對於小櫻，發現我沒有一刻是放下過的，即使我已經不會再為了小櫻每天掉眼淚，或是無時無刻想起她。

曾經一度以為，我好像釋懷了，但根本沒有，小櫻幾乎填滿我的內心，我不能沒有她，無論是心裡還是現實中，至今還是無法完全接受小櫻離開的事實。

這天夜晚，我做了一個似曾相識的夢，夢裡我還是抱著小寶寶，坐在床邊，我老婆也在身邊看著我們。

隔天我將這個夢告訴我老婆。

「會不會是小櫻呢？」

我才恍然大悟，原來是小櫻，小櫻真的來找我了。

我好開心，在我刺青完的當晚夢到她。小櫻沒有離開，她一直活在我心中。謝謝你，讓爸爸能夠再見你一面。

是時候該放手了，我一直覺得當父母的最後一個課題，就是要學會放手，讓孩子自由地飛，只是我的放手，好像比別人來得早一點。

或許我這一放手，是真的永遠不會再相見，但我相信我們的愛，無論發生什麼事或過了多久，都不會改變。

人生，在什麼時候發生什麼事，都是無法預測的，即使做好萬全的規劃或準備，都不一定能夠照著劇本走。

經過這次的事件後，我好像能夠更專注於現在的生活，而不去煩惱未來的事；珍惜與活在當下，享受眼前的事物。

無論痛苦悲傷，還是開心快樂，都是人生。這個世上有很多礙著我們的事，但也有很多愛著我們的人，不要去記恨一個人或一件事一輩子，等到真的別離的那一刻，你才會發現，其實你早就已經不恨，心裡早已原諒對方。當下或許你會覺得那是你人生中的絆腳石，但其實那些人事物，都是讓你人生變得更好、能夠更進步的墊腳石。

最後我要感謝這一路以來一直陪伴我們的親朋好友、容忍我們固執任性的家人，還有我們曾經去過的每一間醫院的醫生跟護理師。但我最感謝的還是我的老婆，跟我一路互相扶持，一起哭一起笑，一同經歷這麼多的事情。也謝謝小櫻，讓我曾經有過短暫的美夢，謝謝你。

再見，謝謝。

給小櫻的一封信

給小櫻的一封信

小櫻，過得好嗎？

爸爸實在不忍心打擾已經在天上的你，但又有很多話想對你說，就讓爸爸最後囉嗦這麼一回吧。

你離開我們身邊，已經好一段時間了，但我們把小兔子找回來後，感覺你就一直在我們身邊一樣，我們一直都不覺得孤單，只是會有那麼一點點寂寞，小櫻的名字是爸爸媽媽結婚後就已經決定好了，然而你的到來，就跟櫻花一樣，美麗卻又短暫，即使春天是櫻花的季節但那一年，爸爸跟媽媽的心情卻一直停留在寒冬裡。

我們最大的開心，是終於盼到你的到來，最大的遺憾，是不能看著你長大，陪伴你走過人生的每個過程，不過爸爸媽媽還是感謝你選擇當我們的孩子，你的到來，帶給當時的我們非常巨大的希望跟力量，還記得當初懷孕的時候，爸爸媽媽有多麼開心與感動，並且多麼期待與你相見，我們幫你買了好多衣服，想等你出生後，親自幫你穿上，一切的一切都是令人那麼的開心與期待，雖然我們只在一起五個多月的時間，但那是我們三人非常珍貴且重要的回憶。

小櫻是個非常體貼的小孩，爸爸媽媽在你還沒出生的時候就知道了，你到來的時機，還有對待媽媽的方式都是那麼溫柔體貼，你努力想表現出不讓人擔心的樣子，跟爸爸有點像，但更像是你的媽媽，我們常常想像小櫻還在的話，現在應該會做些什麼，會翻身了，還是已經會開口叫媽媽了，今年的二月二十四號是你一歲的生日，爸爸跟媽媽準備了一塊小蛋糕慶祝小櫻生日快樂蠟燭吹熄的那一刻，小櫻正式邁入一歲，即使你已經不在我們身邊，但依舊在我們的心裡面成長著，陪伴著我們，爸爸永遠記得小櫻出生的那天，揮著小手跟我們打招呼，雖然你還看不到我們，但好像就知道爸爸媽媽就在這裡等待你出生一樣，我們三人擁抱在一起，我多麼希望那一刻就是永恆，但過了不到一小時，小櫻就化身為天使，到了另外一個國度去，爸爸當時難過了好久好久，責怪自己做的不夠多不夠好，把自己困在黑暗的深淵，結果反而是小櫻幫我打開心裡面那扇窗，引領爸爸一步一步地走出來，我很開心有你這樣的女兒，爸爸非常為你感到驕傲。

小櫻，我愛你，甚至是太愛你了，你帶給我們幸福的回憶，是我們一輩子都不會忘記的，小櫻可以安心了，爸爸跟媽媽現在過得很好，小櫻儘管去做你想要做的事，我們百分百的支持你，而那些跟家人別離的傷痛全都由爸爸來承擔就好，如果你實在想念我們，那就到我們的夢裡，夢裡我會給你一個大大的擁抱，分享彼此發生的事情，回憶我們過往那段幸福的日子，爸爸對小櫻只有一項期盼，就是照顧好另一個也在天國的孩子，他真的還太小了，爸爸媽媽也無法照顧他，但我們相信小櫻一定會是個很棒的姊姊，而你們能夠在一起，爸爸媽媽才不會覺得小櫻一個人會太過孤單，爸爸有時候會在夜裡看著天空，你們兩人彷彿就生在彎彎的月亮上，我就這樣靜靜的看著你們，你們也是靜靜的看著我，但我們的心靈是相通的，是溫暖的。
其實，媽媽在小櫻生日過後去上了一堂畫畫課，畫了我們三人的全家福，媽媽畫得非常好，而這幅畫，就獻給在另外一個國度的你，希望你未來能過得更好。
謝謝你，小櫻

永遠愛你的爸媽

六月十三日

VP00101

櫻

作　者——鄭　桑
資深主編——謝鑫佑
校　對——謝鑫佑、吳如惠、鄭桑
企　劃——廖心瑜
資深企劃經理——何靜婷
美術設計——陳文德

董 事 長——趙政岷
出 版 者——時報文化出版企業股份有限公司
一〇八〇一九臺北市和平西路三段二四〇號四樓
發行專線——（〇二）二三〇六六八四二
讀者服務專線——〇八〇〇二三一七〇五　（〇二）二三〇四七一〇三
讀者服務傳真——（〇二）二三〇四六八五八
郵撥——一九三四四七二四時報文化出版公司
信箱——一〇八九九台北華江橋郵局第九九信箱

時報悅讀網——http://www.readingtimes.com.tw
文化線粉專——https://www.facebook.com/culturalcastle/
法律顧問——理律法律事務所　陳長文律師、李念祖律師
印刷——紘億印刷有限公司
初版一刷——二〇二一年九月十日
定價——新台幣三三〇元
（缺頁或破損的書，請寄回更換）

時報文化出版公司成立於一九七五年，
並於一九九九年股票上櫃公開發行，於二〇〇八年脫離中時集團非屬旺中，
以「尊重智慧與創意的文化事業」為信念。

櫻 / 鄭桑著. -- 初版. -- 臺北市 : 時報文化出版企業股份有限公司，
2021.09
面；公分.
ISBN 978-957-13-9299-8（平裝）

863.55　　110012647

ISBN 978-957-13-9299-8
Printed in Taiwan